つきのきゃく

月の客

山下澄人

集英社

月の客

川はまだ見えない、そろそろのはずだ、歩けばいつか川に出る、ここでは必ず、
そこが砂漠と違うところ、砂漠へ行ったことはない、小さな川の話じゃない、大きな、
もうすぐそこ、坂がはじまっていたのに気がついていない、坂にいるのに、かすかな
坂だ、それだ、そこ、それがはじまり、気がつかない、風が吹いて来た、冷たい、川
かもしれない、ほら、坂、そこ、

犬がいる、ついて歩いている

いぬな

坂に気がついた

せっかくここまで歩いたのだ、坂のはじまりに戻ってみようと戻る、
ここらでどうだ、まさにちょうど、ここ、

そこや

いぬが鳴いた
ここからはじまる、はじまった、つま先、中足への、重みが違う

向かう先の景色の気配が変わった、変わっていた、見えていた建物たちが消えて、空になった、道の境の上には空、青い、昼だ、景色が光にあたり慣れている
間もなく、川が見えるぞ、立ち止まって振り返る、歩いて来たおぼえがない、景色を見ていた、道を見ていない、川へ向き戻り、歩く、ほら見えた、見えた、やっと、着いた、川

土手へ出て、下りる、草がはえている、草を踏んで下りる、砂利の道を横切り、再び草地、そしてかたい土の、これは確かグラウンド、子どもが野球をする、子どもの声が聞こえて来る、聞こえて来るようだ、聞こえてはいない、足跡がいくつも、小さ

い足跡、いぬがにおいをかいでいる、空は晴れて相変わらず大きな月が出ていて

月はな十五夜かけて満月になんねん
その反対は真っ暗、新月、真っ暗
かぐや姫も、手ぇ伸ばして、見えへん見えへん、言うて
み、み、水ー、や、
ヘレンケラーやん
知らんの？
あんた何にも知らんな

ごろごろと石だ、大きな、大人のこぶしほどの、歩きにくい、
おどおどしている
だけどそれでもしばらく歩くと石から草地へ変わる、草が先に見えている、あと少し、草へ入るその前に見えた、木がある、あれは、柳、風で枝が揺れている、草へ入る、腰まではない、ひざほどの、中には太ももにまで届くものもある

昨夜（ゆうべ）は、昨夜？　あれは昨夜か、何年も前のような気もする、

公園にいた、ベンチに座って、今と同じように、いぬと、月を見ていた、夜で空に、
そこにも、大きな月が出ていた、
明日あれを河原で見ていた

日は暮れてきていてこのまま再び空は夜になる、
川の音が聞こえていた、あとは、遠くで、あれは、自動車、
橋がかかっていた、その上を自動車は走っている、そこへ向けて河原を歩いた、草地になったり、石になったり、石の角を踏まないように、平たい面を、石はほとんど白い、手におさまるものを一つ選んで、川へ投げる、どぷんと石は底へ、あわてて向きを変えた銀は、魚だ、ごとんと石だらけの中に石、
橋の下へ入ると川の音が反響して、上を通る自動車の音が反響して、自動車は一台じゃないみたいだ、一台じゃない、
対岸を見ている、風景が少し複雑だ、視界の中央の上を橋、見えているのはその裏、橋の裏、その両側に空、大きな月はその丸のはしを橋の両側の空に見せている、橋の下には川、橋の影がかかっている、こっちじゃない

川を渡る、いぬを抱えて

川の中にいた、歩きにくいったらない、底はまた例の、石だ、河原のかわいた石ですら歩きにくく難儀した、今はその上を水が流れている、藻がつき、鮎がつつくのだろう、乗るものをすべらせる、角は、角は感じない、水にもまれて角が取れた、黒い魚雷は鯉だ、

小さな銀が、走る

水の音しか聞こえない、

引き返そうか

川の、まだ真ん中にも到達していない、次から次へと水は流れている、左から右、ざっとでいえば、しかし水の流れは実は複雑だ、下では、足首のあたり、左から水が押している、うずだ、背後から押される感覚もある、止まってはいない、止まるならここじゃない、

動け、ほら、動け、全てはこうして動いている、止まるな邪魔だ、邪魔だ、そこからどけ、

何ともずれてる

ほんまに何ともずれて

不憫(ふびん)な子ですわ
ほっほっほっ

うるさいいぬだ

はなれたところに白い鳥がいた、首の長い、水の中に立っていた、

生まれたときを、生まれる前を、トシは知らない、生まれたときには、気がついたときには、もうトシはいた

はじめて雨を見たときトシは泣いた、影を見たときは逃げた、影は逃げても逃げても追いかけて来た、逃げ場がなくなってよその家の塀の前に立ち止まった、影は塀にいた、持っていたマッチをすって火をつけた、
月はどうだっただろう
月を見ているトシを見てみる、

うすく口をあけて見ている、どの歳のときもそうだ、口をあけて見ている
怖くはないらしい

あんたのその顔
そのうすく口をあけた
誰もが知ってるって思う顔
誰のいつにでもいた顔
いつのどこにでもいた顔
それは誰？
と聞かれても思い出せない誰か
わたしにもいた人

夜、大人がたくさん家に来た、男も女もいた、母が頭を下げながら帳面に何かを書いて大人たちに見せた、
母は口がきけなかったから、いつも帳面に字を書いた、耳は聞こえていた、カタカナを、カタカナだけを母は書いた、トシにはそれは絵に見えた、
男が母の帳面を叩き落とした、開いて落ちた帳面には、頭を下げた、トシらしき、

坊主頭の子どもの絵

そら怒るやろ

父は知らない、父は母をはらませて消えた、
母にはトシが六年か七年か生きた頃、毎日思い出していた男がいた、

キョージ
ヨージ
チョージ

何かそんな名だ、書いてみて、母は
チョージに丸をつける
チョージは母が飲み屋で下働きをしていたときに厨房にいた男だった、チョージの
家は飲み屋に近かった、チョージと母は仕事終わりに酒を飲んだ、母はしゃべらない
からチョージが飲んでる間中しゃべった、
母親を早くに亡くし父親と二人で暮らしていたこと、父親が新しい女を連れて来て、

すぐに子どもが生まれ、女の子だった、しかしその子は生まれつき目が見えず、今も見えず、父親は死に、その女と二人でどこかで暮らしているらしい、父親が死んでから二人とは会っていない、

野球をやっていた、良い投手だったのだけど肩を壊して投げられなくなり、やけくそになってやくざの組に出入りしていた、

野球はうそだ

刑務所にもいたことがある、刑務所はいい、飯と寝るところを考えなくていい、強姦したやつはいじめられる、

酔った母を担いで、母は酒をよく飲む、なければ飲まないがあればあるだけ飲んでしまう、かなり飲んでも母は酔わない、ただ足腰は自由にならなくなる、チョージは家に連れ込んだ、そこで二人でセックスをした、母はセックスが好きだった、母は

マサツ

と書いた、そのままそこに母は住んだ、

母に家はあった、母親が死んで、父親が死んで、兄と、兄の嫁と子どもが二人、そこに住んでいた、母もそこに住んでいた

母は押入れの下の段を部屋にしていてそこにこもって字ばかり書いていた、時々それを子ども、上の男の子が取り上げて投げた、いやながきだった、母にとって、下の女の子は笑った、これもいやながきだった、母はカナヅチで女の子を殴った、血が出た、頭は血がよく出る、兄が怒って出て行けと母は家を追い出された、

しばらくはあちこち、駅の裏や、公園のベンチで寝た、もう飲み屋で働いてはいた、母は働くのが苦じゃない、働く、

公園の公衆便所でも寝た、冬だった、からだは洗えておらず、それでも便所の水道でからだを拭いたりはしていた、しかしどうにかする必要が母にはあった、外での生活に飽きていた、

そこへチョージだった

生理が来なくなったとチョージに告げた次の日、チョージが消えた、

そのことは母はおぼえていた、しかしそれがそのまま妊娠となりトシを生んだかどうかの肝心を、母は思い出せなかった、

が、いやしかし、と母は考えた、

チョージのいなくなった部屋にしばらく住んで、家賃など払わない、そこはチョージの部屋で母の部屋ではない、払う筋合いはない、しかしいつまでもそうして住んでいるわけにもいかない、ぎりぎりまでは住む、毎日風呂にも入る、そろそろぎりぎり

だ、朝、戸を叩くものがあらわれた、家賃の催促だ、仕方がないので兄のいる家に戻り、二、三日暮らして、やはり嫌でそこを出るのだけど、出ても行き場はなく、もう一度兄の家へ戻り、今度は兄の妻とされる女に、金を貸してはもらえないかと頭を下げ、何度も断られ、それでも母はあきらめず、罵倒され、それでも最後にはどうにか借り、その金で探して借りたのが確か今住む長屋、なのだから、チョージ、が、今いるこれ、トシ、の、種主、の、はず、

しかし母はこう思い出していたわけではない、母は、

が、いやしかし

とよぎっただけで、それもはっきりそう言葉がよぎったわけでもない、そこから考えを先へ進めてもいない、母の思考はそこで止まっている、いた、その先をもし少し考えたとしたら母の考えはこうだ

生理が来なくなったりしたことはそのときだけじゃなかったし、中絶をしたこともある、したといっても一度、もしくは二度、三度か四度、消えた男は他にもいた、だからそれらと混ざってしまっている、しまっていた、はっきりチョージだとする確証が、ない、だからわからない、血液検査、まさかそんな、母は自分の血液型も知らない、

ならどうしてチョージのことをこうして思い出すようになったのか

トシの顔がチョージに似て来ていたから！
母はそのことに、気がついてすらいない

宮下
と彫られた小さな川沿いにある松の木の前の路地の先に、人の住んでいない大きな家があった、広い庭にはバラが咲いていた、
トシはそこによく一人でいた、その日も一人で小さな十徳ナイフ、チョージが置いていったものだ、チョージは父親にもらった、父親は買った、そんなことはトシは知らない、で蟻の巣を掘っていた、
トシ四歳
そこに男の子が来る、その子もよくそこで一人で遊んでいた、男の子は大きかった、
男の子八歳
男の子は自分の名前も書けなかった、暇があるとちんぽを触っていた、今も触っている、気になるのだ、そして触っていると心地よい、トシには男の子の出た腹とあごの裏しか見えない、男の子はトシの掘っていた蟻の巣を踏んだ、蟻にはトシの仕業と区別がつかない、男の子をトシは見上げて踏まれた蟻の巣を見た、男の子は笑っていた、七匹の蟻が潰れていた、生きてはいた、触角が動いていた、いずれ死んで仲間の

餌になる、トシは下から男の子の顔のあたりへナイフを、からだを引き伸ばしながら、
斜めに走らせた、ばねのようなひざ、
男の子が頬に手を当てた、少し笑っていた、血が出て来た、指の間からと、手首を
伝ってひじへ、
蟻はそれどころじゃなかった

五歳で酒屋へもらい子にやられた、
母に、
イクカ
と書かれてうなずいてそうなった

酒屋には男と女がいた、働いている若い男や女もいた、
女は母の遠い親戚だった、どう親戚なのか母は知らなかった、
男は母の兄の昔からの知り合いだった、
中学一年の時同じクラスにいた、男は勉強がよくできた、兄はできなかった、
二人は偶然再会した、
そういえば

男はいった、
わしの嫁はんお前の遠い親戚
男には子種がない、
調べた
そういわれた
当初はかわいがられた、男も女もトシが何をしても笑った、人が、大人が笑うのがトシには珍しい、母は笑わなかった、
しかし男も女もすぐに笑わなくなった、店が閉められ男がまったく姿を見せなくなった、家にいない、
女は毎日台所で酒を飲んでいた、腹がへったトシが台所に入って行くと女は、黙ったまま冷蔵庫をあけるトシを叩いた、叩くようになっていた、母は叩かない、
それからは何度も女はトシを叩くようになった、血の出たことも何度もあった、止めに入るものもいた、酒屋で働いていた男や女だ、しかしそんな男や女もいなくなった、
トシは閉じられた大きな酒屋で女と二人でいた、
蔵で寝ているものを見つけるまでは

大きな家の中をトシは一人で歩き回った、眠くなると眠くなった場所で寝た、腹がすいて台所へ行くと、握り飯が置いてある時があったから、女が作って、おそらく、というかたぶんトシにと、それを食べた

母の元へ帰りたいとは思わない、トシはそんな風にはこれから先も考えない、今いるところで生きる、今いるそれを他と比べたりする回路がない、珍しくはない、たとえば猫はそうだ

庭に猫がいた、

三毛猫、が座っていた、小さい、鳴いていた、顔中を口にして、鳴いていた、親猫を呼んでいた、しばらく親猫があらわれるのをトシは待った、夜になり、少し寝たりしているうちに朝になった、

柔らかい、毛につつまれた、これはたぶん猫だ、猫が指に触れて

おそらく寝ている、猫に指をつかまれているのか、指が動かせない、きゅうくつだ、手を、腕をそこから動かそうとするが、指と同じで動かせない、これは夢だ

起きると猫はトシの腹の横にいた、

猫が食べるものはないかと台所を探した、鰹節を見つけた、それをあげた、猫は食べた、しかしすぐに吐いた、冷蔵庫に牛乳をみつけた、腐っていた、鰹節を口に入れてつばと混ぜて噛んでもう一度猫にあげた、猫は食べた、今度は吐かなかった、

ねこ
と名前をつけた、
ねこは何か気配がすると耳とまゆ毛とひげが前へ向いた、空気が動くのがまゆ毛とひげでわかった、からだの向きを変えても音がしなかった、足を動かすと足が地面に触れる前に足の指の間にはえていた毛で足より先に地面がわかった、体重なんかなかった、どこまでも飛べそうだった、軽くて元気で嬉しくて走り出した、走りながら簡単に向きだって変えられた、飛べば電気の紐まで触れた、いろんな音がしていた、いろんなにおいがしていた、空気もあっちへ、こっちへ、
家から外へ出た、地面をゆっくりと、ふんで、蟻が歩いていた、
男の子に潰された七つの蟻、知らず知らずのうちに踏んづけてきた何匹もの、蟻、忙しく動く触角を、瞳孔を開いたり閉じたりして、見ていた、耳はそのあいだもかすかなどの音も拾い、動いていた、尻尾のあたり、尻のあたりに音が当たった、耳はとっくにそれを捕まえていた、かすかに肛門のまわりの毛が揺れた、音は、それは、生きものの出す音だった、振り返ると、人間がいた、
トシは初めてトシを外から見た
目がさめた、ねこは戸の外にいた、
ねこを追いかけてトシは外へ出た、ねこがトシを見ていた

汽車の走る音がした、音のした方を見ると山が見えた、
酒屋へは母と汽車で来た、駅へは男と女がむかえに来ていた、母と四人で酒屋まで
自動車に乗った、そのとき川を見た、
田んぼ、畑、いくつもの家を越えて田んぼのへりを歩いていると線路が見えて来た、
ねこは途中までついて来て、いなくなった、
線路に出た、柵も何もない、さびた鉄の上の面はしかし削られて光っている、さび
をあびた赤黒い石、
線路沿いをしばらく歩くと激しく警笛を鳴らして汽車が来た、先頭車両の窓から男
が手を振っていたからトシは振り返した、男は怒鳴って何か投げた、見ると食べかけ
のあんぱんだった
向かう先が盛り上がった、トンビが飛んでいた、
川
川が見えた、石の坂を下りて、駆け下りて行く、
河原に出た、大きな石、五歳のトシが両手でやっと抱えられるほどの、大人なら片
手だろう、水辺まで歩いた、
魚がいた、小さな、柳の葉のような、
上流へ顔を向けると橋があった、橋の上には誰もいない、

橋の下へ歩いた、
水の中に白い鳥が立っていた

川を渡った、振り返る、ここだ、こっち
石から草地へ上がった、いぬを投げた、どけどけどけと全体で圧力をかけて来ていた水は、はなれた、我も我もと水は海に向かっていた、海など停滞するだけなのに、蒸発を待つだけなのに、青が見えた、つまんで持ち上げると、ビニールシートできれいな青だ、空より青い、ばさばさと大げさな音を立てた、
シートの下には枯れた草に埋れてさびてほとんど崩れかけた自転車、靴、鍋、ボールペン、空のペットボトル、白いシャツが何枚か、汚れて茶色い、袖を通してみる、ちょうどいい
草の中に黒いものが見える、まだ見えていない、見えた、草を分けるとマンホールのふた、のようなものがあらわれた、足で蹴ってもそれはびくともしなかったが手をかけたら簡単に、あく、あいた、はしごがかかっていた、底は見えなかった、いぬも

のぞいている、下りられるだろうかと思ってすぐに二、三段下りてだめならやめれば
いい、いぬは、来ない

わたしはここまで

いぬはそう吠えた

森から簡単にトシは下りた、ポーン、ポーン、ポーン、
のぼるのはそうはいかない、からだを上へ、引き、上げていかねばならない、枝を
摑み、手をかけ、引く、枝はびくともしない、結果、トシのからだが枝へ向かう、上
がる、
森は森と呼ばれていたけど一本の大きな木だった
山へ入ってすぐの、てら、にあった、てら、と呼ばれていたが小さな神社で、ほこ
らを住みかにする背中の曲がった男がいた、
せむしの仏さん

とも
せむしの神さん
とも呼ばれて、子どもは石を投げた、トシは投げなかった、トシはてらを、てら、と最初に呼んだのがこの男だと知っていた、男がそういった、
トシは森の上によくいた、
写真を撮っても全体は写せない、はなれて撮ろうとしたら他の木が邪魔をする、森は写真には写せない、写せても一部でしかない、絵になら描ける、字にならできる
男がいった、

ほら穴は森の上から見つけた、冬でどの木の葉も落ちていたから見つけられた、
トシは森から飛んでおりて、穴を探した、
てらの裏をのぼったところに穴はあった、
トシはそこに住むようになった、十歳

すずめや鳩や、たまにきじややまどりやからすも食べた、ザリガニ、カエル、も食べた、蛇も食べた、せむしの男が捕まえ方を教えてくれた、飯盒（はんごう）もくれた、火のおこし方も教えてくれた、

米は家に取りに行った、人のいない家へ入って盗んだりもした、誰もいない家は外からわかった、声がしないとかそういうわかり方ではトシはなく、見たらわかった、
一度だけ誰もいないはずの家に入ったら女がいた、女は布団に寝ていて、家へ入って来たトシを見ていた、女は声も出せなかったし、起き上がれもしなかった、女の横にトシは立ち、しばらく見ていた、女がいった
どこ行っとったん
おかあちゃん探してたんやで
はよこっち来てごはん食べ
肉焼いたろか

酒屋にいた時、夜になると吠えるものがいた、それは犬の遠吠えのようで、トシはその犬が見たくて仕方がなかった、しかしどこにも犬はいない、トシは探した、
庭に蔵があった、大きな木もあった、森よりは小さい、来る時、母と男と女に連れられてここへ来る時、木を見たことをトシはおぼえていないが目は見た、男か女が、あれが酒屋、といったのか、家、といったのか、いった時、母とそれを見た時、家の屋根より高い木をトシの目は見た

黒く塗られた大きな蔵、鉄の戸がついていた、引くと、あいた、簡単に茶色い何かが布団の上に寝ていた、トシには最初犬に見えた、犬は男だった
窓から灯りが男にさしていた、男は痩せてしわくちゃで茶色く、テレビがついていた、
しばらく二人でテレビを見ていた、黒い犬が赤い鹿を食べていた、それも生きたまま、立って逃げようとする鹿のしりに犬はかぶりつき、内臓を引きずりだしている男が大きな声で吠えた、首がふくらみ、血管が浮き上がっていた、歯はなかった、吠えていたのは犬じゃなかった、
男だった
その夜だったか、次の日だったか、もっと後だったか、男は死んだ、男は女の父親だった、
人のいなくなっていた酒屋に人が戻って来て、男も戻って来て、葬式が行われた、小さな子どもも、大きな子どももいた、母はいなかった、母の兄はいたかもしれない、いない
焼かれたのも見た、
男は白く熱い、あちこちに小さな黒や、赤もあった、かけらになっていた、それは月に似ていた、

目の前にいる女は死んでいない、笑っている、歯がところどころ、ない、米を袋に入れてそこをトシは出た

母が酒屋へ迎えに来た、

女は泣いていた、用意していたのだというランドセルをトシに背負わせた、その年の春から小学校だった、トシは三日しか行かない

ランドセルは長く使った、穴で暮らすのにとても役に立った、薪を集めたり、さばいた鳥を入れたり、街へ下りてあれこれ集めたり、長いあいだトシは背負っていた、どこかで肩にかけるつなぎ目がちぎれた、縫い合わせてしばらく使った、再びちぎれて、そこが抜けた、いぬのおもちゃになった、いぬはそれをくわえては放り投げ、何度も噛み、なめ、抱えて、寝た

下から風が吹いて来た、はしごにかけている手の動きが悪いのは寒さによるものだった、たぶんそうだ、濡れて冷えたのだ

見上げると丸く、空、ではない橋の、裏、が見えた、
月は見えない、いぬはいない

夜が終わるまで公園でいぬと月を見ていた、
遠くで犬が鳴いた、しばらくするとあちこちから犬の鳴くのが聞こえた、

わしはここやでお前はどこや
ここやでここやここや
わしここや

わしはここや、と吠えてみた、しばらく犬は黙ってまた鳴き始めた、

今のは誰や今のは

いぬが吠えた、みんなで吠えた

トシはどの犬にも、いぬ、と名前をつけた、だからいつもいた、
　いぬ、はどれも穴から来た

穴の奥にいた、トシは熱が出ていた、
男にナイフで頬を切られた、知らない男だった、男はトシを知っていた、トシ、十二歳
大きなクスノキ、森とは違う、のある神社を抜けて、小さな川沿いを、灯籠がある、上流に向かって歩いていた、穴へ向かおうとしていた、男は下流に向かって歩いてきた、
　われトシちゃうか、
男がいった、トシはこたえなかった、
そうやそうや、われ、トシやんけ、
お前にほっぺた切られたやつの弟やわし
あれ、死んだんや、川でおぼれて、つい先週や
トシはおぼえていない
施設から逃げよったんや、逃げて川へ入りよったんや、ほんでおぼれて死んだんや、

お前にほっぺた切られて、熱出してな、泣きよったんよーおぼえとんねんわし、隣で寝とーやろ、痛い痛いてうるさいやろ、さやからうるさいいうて蹴ったんや、ほなあいつな、ごめん、いいよんねん、ごめん、
男がナイフを出した、
顔切らせや
兄貴のとむらいや
顔、出したれや
トシは顔を出した、男はナイフでトシの頬を、切った、
切られた頬に手をやると、ぬるっと指が傷に入った、手についた血を見ていた、トシに切られたという男の兄貴もこうして血のついた手を見た
穴へ戻る途中、てらでせむしの男と会った、
どないしたんや
男はいった、
血ぃ出てるで、来てみ
男のあとをついてほこらに入った、男は一升瓶を手にして、顔出せ、といい、
消毒や
と中身をトシの頬にかけた、焼かれたのかと思った、

痛ないか、男が聞いた、
声もあげへんねんなお前
熱でトシは境目にいるのがわかっていた、薄く目を開けても暗いから、目を開けた
のかどうなのかわからない、頬が熱い、寝た
部屋にいた、暗いが見える、窓にカーテンがかかっている、開けると外は真っ白で、
雪だ、道にも建物の屋根にも雪が積もっている、窓の前、その下に、クジラの置物、
足には、い、ぬ、と入れ墨が入っている
海が盛り上がり何か来た
シャチや
と誰かが叫んだ
ほら穴の奥から何か来た、
夢だとトシは思っていた、それは静かにトシのすぐそばまで来ていた、
はぁはぁはぁ
息の音が聞こえていた、犬だ、すぐ近くに犬がいる、ほとんど息で
いぬ
とトシはいった
わんっ

と、犬、は鳴いた
手を伸ばした、毛に触れた、猫と違って毛がかたい、濡れた冷たい、鼻だ、が手に触れて、温かい濡れた、舌だ、が手をなめた、
頬が痛い、夢じゃない
これが最初の、いぬ、になる

朝が来てからいぬと公園を出た、
明るくなる前から鳥は鳴いていた、おそらくすずめ、鳩もいた、からすは、月はあった、空が白んで来ると月の白は半透明に見えた、
山を左に見ながらしばらく山と平行に歩いて、坂を、下る、
ここらは元々山、山を削って、山ごと削ってたいらにしてしまうのではなく、家が建つ分だけ削って造られていたから、家以外のすべては斜めで、坂だらけで、いぬはそこを軽々と歩く、それから山から来たイノシシ、イノシシもここらを時々歩いた、イノシシが近くにいるといぬは吠えた、いぬだけじゃない、あちこちの、犬、が、吠えた、イノシシが犬を吠えさせた、それはイノシシが吠えたのと同じだ、イノシシは

山が山からおろした、だからそれは犬でもなく、いぬ、でもなく、イノシシでもなく、山が吠えていた、しかしやはり吠えたのは、犬、だ、いぬ、だ
坂を下りて、大きなクスノキのある神社を通って、アスファルトの平坦な道を海まで歩いた、坂を下っているのだが、たいした坂じゃない、それから海沿いを左へ、海を右に見ながら歩いてそして、川に来た

穴の底へはなかなかたどりつかない、長い間、穴の、筒の途中にいる、筒の途中で、虫のようなものを思い出そうとしていた、穴がそうさせていた、穴にそうさせたのは虫のようなものだ

森の上でトシは鳥になったつもりでいたことが何度もある、鳥を思い出そうとしていたのじゃない、鳥だった時のことを思い出そうとしていた、思い出そうとしている、トシ、十二か十三
それは、感触、というようなものだ、足でつかんでいた、木の肌、水鳥じゃない、をはなす、肩甲骨を瞬時によせて、たたんでいた肘と手首と指を伸ばす、風切り羽が

空気をつかむ、その抵抗、視点が変わる、目玉が頭部の多くをしめている、
視界が、変わる、その感触、
森がそうさせていた、空がそうさせていた

トシは校舎の上から飛んだ

明け方、大きな地震が来た、
トシはいぬとほら穴にいた、
いぬは年が明けてから、動かなくなっていた、横になり舌を出し、呼びかけても尻尾も振らなくなっていた、小さな息が、続いていた、呼べばこたえた、眉をあげて、トシを見た、
いぬの目玉にうつるトシは、子どもじゃもうない、見上げた時の高さも違う、においも違っていた、しかしそれがトシのにおいだ、間違えたりはしない、
しかしこの日死ぬのは最初のいぬじゃない、
最初のいぬはもっとずいぶん前に死んだ、ほら穴で死んだ、
トシはほら穴の前で最初のいぬを焼いた、ランドセルと一緒に、骨になるまで焼いて、かけらを食べて、あとは山にまいた、

そのいぬじゃない、今死にかけているのはそのいぬじゃない、
それでもいぬは子どものトシを知っていた、
いぬは全部知っていた、
いぬ、としてあらわれたすべての犬は、トシの全部を知っていた
いぬは子どものトシを見ながら夢で走っていた、
たくさんのにおいが鼻をかすめて、ビュンビュンと風切り音が耳にして、四つの足の裏、爪、地面に刺さり、突きはなす、
えさがある、口に入れる、歯ごたえ、のどごし、
トシが腹をゆっくりとさすっている、尻尾が、かすかに、動く、いぬがトシを見る、黒い目、きれいな目だ
いぬには地鳴りが聞こえていた、いつもと違う、しかしそれはほんの少し、鳥が騒ぐほどのものじゃない、
夜中、いぬが死んだ
トシはいぬを抱いて部屋を出て、
部屋を借りて住んでいた、いぬと二人で住んでいた、
ほら穴にはもう長いこと行ってなかった、
てらは前よりずっと木が育ち、それでも森にはかなわない、夏なら草で覆われて、

道も見えなくなっていた、ほこらはほとんど崩れかけている、
せむしの男は、いない、
てらの裏をトシはいぬを抱いてのぼった、
大きな月が出ていた、
トシはいぬを穴の奥に寝かせた、埋めずに、寝かせた、こいつは焼かない、こうしていれば山にいる生きものがいぬを食べに来るだろう、穴の奥からも来るだろう、
穴から出て、街を見た、ちらちらと灯りが見えていた、人間が灯していた、人間しか灯さない、蛍はこのあたりでは見ない、
いぬの横でトシは寝た、
目がさめた、遠くでたくさんの自動車が走る、ような音が聞こえていた、何千台、何万台が一斉に、
いぬがからだを起こした、暗い中でトシにはそう見えた、
死んでいる場合ではない、といぬは、
すべてが縦に動いた、何度も、それから横に、斜めにぎしぎしとほら穴が音を立てていた、
揺れがおさまり、
音が止んだ、

いぬは寝ていた、
冷たく固くなっていた、
撫でて外へ出た、

大きな月

街の灯りが、
消えていた、

サイレンが遠くで鳴っていた、
しばらくしてあちこちから火の上がるのが見えた、小さな火に見えた、それが広がっていった、
しばらくすると火の中から、火のないところから、ぼんやりとした丸い、白い、風船、光る、風船、のようなものが、空へ向かってゆっくりと、あちこちから、ゆっくりと上がっていくのが見えた、それらは街のいたるところから上がり、最初は少しずつ、それからだんだん増えて、空の、大きな月に向かってゆっくりと、
いぬが横にいた、座って、トシと同じように光が月へ向かって飛んでいくのを見て

いた
いぬは光っていた、
いぬは、昇っていくたくさんの光と同じように、白く、ぼんやりと、光っていた

部屋のあったアパートは崩れ落ちていた、
大きな家も崩れていた、女がその中で死んでいた、トシは知らない
母の住む家へ向かった、母はいた、潰れた家の前で、しゃがんで、何か書いていた、
近づくと、顔を上げ、笑った
　サナの家も潰れていた

やっとわたし
わたしの番やね

　サナ

顔の正面に電球が見えていた、電球は消えていた、消えていたからこそ電球はよく見えて、目玉を動かすと暗い中なのにすべては見えて、カーテン越しに窓の外が異様に明るいのがわかった

両手は胸の上で組まれて死人のようだ、死んでいるのかと慌てて手を動かしてみたら跳ね上がった、手から何か落ちた、石だった、赤黒い、握っていたようだったそれ、ほんとうのところはよくわからない、をつまんでよく見てみた、握られていた時には温かかっただろうに石はもう冷たくなっていた

石にではなく、石をつまむ手に目玉は向いていた、親指と人差し指と中指、石を胸に置いて指だけを動かした、三本の指の腹をこすり合わせてみた、さらさら、かさかさ、と音がしたような気がしたが、どうだろう、手を胸に戻した、重みがした、手の、胸を触った、ゆっくり上下していた、鼓動も、感じていた、手が、胸に膨らみはなかった、緩んだ脂肪が柔らかくあるだけだった、胸をゆっくりと揉んでみた、指に当たったイボのようなものは、乳首、だった、やさしく撫でてみた、押してみた、強くつまんでみた、小さな波が全身の皮膚に立った、

立ち上がりカーテンを開けた、空が白かったが、夜ではなかった、いや夜だった、

白は昼の白さではなかった、
白は月だった、
大きな月が出ていた
そして雪が降っている、道にも、建物の屋根にも雪は積もり、音を吸う、
空のほとんどが月だった、月の地形の細部までがよく見えていた、何とかの海、と
か確か名前がつけられていた、月の地形にだ、しかし月に海はないだろ、あるのか、
胸を触り続けていた、

おしっこ！

大きな声が出た、聞いたことのない知らない声だった、ががらの、
便所へ入っておしっこをした、おしっこは長く長く出た、
便所から出て、洗面所にあった鏡を見た、便所の灯りが漏れていた、
鏡に歳をとった、女、がいた、
洗面所の電気をつけた、

え、誰

白髪の髪は乱れて伸びて、口を開けると歯がほとんどなかった、上の前歯が、二本、下に一本、
しばらく鏡の女を見ていた、

誰

右へ顔を動かすと、鏡の女の顔も、右、へ動いた、下へ動かすと下へ動いた、ゆっくりと眺めた、ずいぶん痩せていた、
笑ってみた、声を出して笑ってみた、

は、、は、、は

音は出た、うまく小刻みに連続して、ははは、とは出なかったが、楽しそうには見えた、歯ブラシがあったけど歯磨き粉は、なかった、水だけつけて三本の歯を磨いた、ついでに歯茎と、歯茎じゃないなもう、土手、赤い土手、その土手と、舌、舌を上げて、下げてみた、左右に動かしてみた、

ははぁん

部屋に戻った、視界、が大きく揺れていた、そのまま歩いてみた、視界が大きく揺れていた、歩くたびにからだが傾（かし）ぐのだ、足だった、足が、左右違うのだ、薄い、これは何色だろう、青だろうか、の、ズボンをはいていた、脱いでみた、細い足があらわれた、みぎ、右の足、が、ねじれて、曲がっていた、曲がっているその足に、何か、の、絵、これは何の絵だろう、いや、絵じゃない、字だ、

[illegible]

[illegible]

いぬ

わたしや

月の灯りで部屋はよく見えていた、部屋をあらためて見た、部屋には何もなかった、

布団と、目をさましたのはそこ、窓にかかったカーテン、白い薄いのと、濃い緑色の、カーテン、
窓の前、の下、部屋の床に黒い、魚、魚の形をした、小さな、あれは、クジラ、拾い上げて月の灯りでそれを見た、クジラの置物、

マッコウは上にやのうて、斜め上に潮吹くんや

クジラを見ていた、
それは海のようだった、
海に、海がいた、

マッコウまで見れた、これは幸先ええで

男が歯を見せて笑っているのはわかった、そこ以外は日が差していてよく見えない、逆光だ、男の向こうに太陽、朝か、夕か、男には歯がない、前歯がない、なのに歯を見せて笑っていたというのは変だ、変じゃない、男の顔がわからない、男は揺れていた、

シャチ！

男が叫んだ、シャチがいた、一、二、三四五、五頭、

シャチ！　これが見たかったんや！　大きいなシャチ！

男は、前にいた、男は、テレビ、テレビが見えた、テレビがついていた、どこかの、店、にいた、男はビールを飲んでいた、ビールだけを飲んでいた、こちらの前には大きな、赤い、蟹、蟹の載った、ラーメン、

あのラーメンはうまかった！

ほんとうにおいしかった、今でも思い出せる、おいしかった！　ということを、味ではない、味は思い出せない、ああおいしい！　とはしゃいだからだの感じ、感じ？思い出せているのは、どれだろう、ラーメンか、そのときのからだか、顔はわからないのに、男の顔がまだわからない、逆光から場面は変わっているのに、顔にだけかす

みのようなものがかかっている、髪の生え際は見える、毛は薄く、はげかけ、気にしているのだろう、何となく誤魔化そうとしている、全く誤魔化せていない、もみあげが長い、誰だこれは、

ほとんど思い出していた、男が赤い顔をしているのがわかった、

お前みたいな
豚みたいな
若いだけの
女

男は、いった、いったいったそういった、

お前みたいな
豚みたいな
若いだけの
女

何でこんなとこまで連れて来たったか、いうことを、よー考えなあかんで

そーですねー

高い音の、張りのある声がした、

そーですねー

女の声、

そー、で、す、ねー

出してみた、しゃがれて響きもしない、同じ声ではもうない、らしい、

ぞーでずねー

男は布団に横になっていた、たばこを吸っていた、吸うたびにむせて咳をしていた、

ひどい咳、背中が波打って、全身で、咳き込みながら男がうめいた、痛いのだと男はいった、目に涙がたまっていた、
　痛いんや
　痛いのだ、男が立ち上がり、視界から消えた、部屋の外で水の流れる音がした、熊が鮭をくわえた置物、木彫りの、昔あったわうちにも、玄関の、下駄箱の上、黒い、熊、便所から出て来た男が布団に再び横になり仰向けになった、顔をしかめて、熊の置物を見ている、

　お前どう思う、この熊のな、置物はな
　アイヌのな、おったんや、今もおる、昔からここらに住んでる
　今わしらのおるここな、その人らの言葉でな

地の果て

　地の果てにおんねん、わしら
　人間の来るとこちゃう
　クジラや、シャチや、熊や、鹿や、きつねや、鷲や、鮭や

あれらが来るとこ、人間の来るとこちゃう
そんなとこ来るから
痛いねん

えー連れて来てくれはったんですやん

さすってくれ
男はいった、
痛いねん
さすった、
押せ
押した、
グーで押して
グーで押した、

確かこの男はこの後すぐに死んだ、すぐにといっても、一ヶ月とか二ヶ月とか、葬式には、出た、会社のみんなと、会社、働いていた、三人の年寄りが遺族の席に、若

い女が少し離れたところに、誰かが、娘らしい、といった、男の娘、学校のだろう、
制服を、着た、背の低い太った女、若いというだけの、

お前みたいな
豚みたいな
若いだけの
女

なめとんか！　歯抜けが！
おのれの娘も豚やないかい！

ああ
ああ
そうだ

わたしはあの歯抜け男とセックスをした、歯抜けとだけじゃない、あれこれとした、
いつまでつけていただろう、帳面につけていた、

◯◯とした、◯◯とした、
する度に帳面につけた、つけていたのはセックスのことだけじゃない、何を食べた、何を話した、どこを歩いた、どれぐらいで歩いた、いつ寝た、いつ起きた、くしゃみをした、あくびをした、おならをした、排泄の回数、生理が始まった、終わった、
いつの間にかつけなくなった、どこで誰としたのか、何をしていたのか、どこでどうしていたのかどんどんぼやけた、つけていたって同じことだった、見返したって思い出せたのはいくつかだけだった、何も思い出せなどしないのだ、
それでも最初だけはおぼえていた、
一番最初、

トシ　ほら穴　痛かった

夏だった
サナ十五、トシ十五
朝から暑くて、いぬもバテていて、いつもより穴の奥に三人でいて、いぬは時々出入りしていたけど、外が異様に暑かったみたいで、戻って来たらもっと穴の奥へ歩いて行って、消えた、トシは仰向けになり、わたしも仰向けになり、話していた、何か

話していた、

イエス

そうそうイエスさん

イエスさん

本で読んだ、ほら穴へ来た時、持って来ていたのは本と何枚かの下着と大きなゴミ袋二つ分の生理用品、

イエスさんは
イエスさんはな、お母さんが処女やのにできた子や
ありえへん
神の子や
誰かにやられたに決まってる

まぁやられたんやろーよ、どっかの、知らん、おっさんに
おっさんかどーか知らんけど
だいたいそーゆーときはおっさんや
しかしそれでもや

神の子

大工やっとってん
イエスさんはな、三十すぎて、大工、独身
ちゃうかったっけ
ええわ
もちろん子どももおらへん
三十いうても今の三十とはちゃうで
当時のイエスさんのおったあたりの平均寿命知らんけど
二千年前やで、もっと前か、あとか
そんなんどーでもええねん
だからあれちゃう？

今の四十とか五十とかのイメージちゃう?
大工、独身、子なし

イメージ膨らむやん!

ヒゲがあって、黒ね
それまでのな、神さんはな、怖かってん
すぐ怒るし、試す、人を
何でもできるからな
今かて、この穴、ばんっ、て崩せる、簡単、神様やから
だからみんなびくびくしてたわけ
たぶんやで、見てたわけちゃうねんから
サナの話やからね、文句とかいわんといてね
そこへイエスさんが
神さんは怒ってなんかないよ
ていうてん
みんなのこと愛してるよ

て

ふぁーてなるやん

サナ入れ墨したい、いぬがええな
い、ぬ
て

わん

あの子の入れ墨、足にな
歪んどー方の足にいぬの入れ墨、絵じゃなくて字
めっちゃええと思わへん？

サナが一番好きなイエスさんの話はな
目ぇ見えへん人の顔にな
手ぇ当ててな、当ててないかもしらん、忘れた

もう見えてるよ
ていうねん、イエスさんが
もう見えてるよ
て
そしたらな
パッカー、て目ぇあいてな
わー見えるー
いうて
見えて歩けますー
いうて
そんなんいっぱいあんねんで？　足悪い人歩けるようにしたり
もっとすごいのは死んだ人、生き返らせたり
すごない？
お墓の中入ってって、名前何やったかなぁ
呼ぶねん
何とかー
いうて

ラ、何とかや、ラ、ラ、
ラザ

ラザロ！

ラザロー、出てこーい
いうて
死んでるから、ラザロ
ほら穴ん中、入れられてるから、死体で
お墓ね
なのに呼ぶねん
イエスさんが

ラザロー

そしたら

はーい

いうて

とにかくいろいろあんねんけど、サナは、目ぇのとこが好き
たぶんな、目がな、目玉がな、見えるようになったというよりかな
自分で見るようになった、ていうな
サナは勝手にそう読んでんけど
鋭い解釈しとんねんけど
めっちゃええやん、自分で見る、て、ええやん、よくない？

あんたには関係ないな
自分でしか見てないからな

もう晩かな
暗いからわからへんな
寝てんの？

暗いから寝てるのか起きてるのかわからなかった、

これサナさっきからしゃべってるけど
寝てるかもしれんもんな
起きててもしゃべり
夢でもしゃべりて
いつ黙んねん

トシの肩に手を置いた、

サナの手はあきらかにあんたの肩触ってる
あんたもそうなはずや
あきらかにサナの手に肩触られてる

これはどっち?
起きてる?

寝てる？

そのあとセックスをした、暗いからよくわからなかった、
サナは

痛(い)った！

といった

サナはトシをいつ知ったのかおぼえてない、気がついたらいた
トシにもそうだ、気がつく前からサナはいた

路地をはさんだ斜め前に、サナは父親と母親と三人でいた、母親はサナが五歳のとき、酒に酔ってサナを突き飛ばした、サナは右の足の膝から下が二箇所で折れた、小さなサナは、杖を使って歩いていた、何度か手術をした、
母に連れられて行く女風呂でトシは女の股が気になって仕方がなかった、大人には毛が生えていた、子どもには、すじが入っていた、割れているように見えた、前から

尻へ、割れている、湯船をまたぐとき、しかし奥まで割れているわけではないのがわかった、
　サナが大きく足を開いて、仕組みを見せてくれた、

ここが、おしりの穴
あんたにもある
見せてみ
それ
うんこ出てくるとこ
ほんでこっち、これ、これがおめこ
あんたのそれ
ちんちん
入って、入ったこっから赤ちゃん出てくる

　母親にドブへ突き飛ばされた時、母親は酔っていた、歌っていたとサナはいった

踊っとったんや

酔いがさめてから何が起きたのかを母親は知った、
ごめんごめんと母親は泣いた、
しばらくして

三年

母親は自動車にはねられて腰から下が動かなくなった、
自分から当たりに行ったんや、当たり屋や、当てたんは若いにーちゃん、大学生、免許取り立て、おそろしい、二度と車乗られへんで、

これでおあいこや
母親はいって、元気になった、
サナが中学に入って、一年か二年、してから、冬を一度か二度、夏を、サナの母親は首をつって死んだ

車椅子で
首
すごない？

サナの母親の葬式でトシははじめて小さいおっさんを見た、
背の低い、トシより低い、その頃トシは、母と同じぐらいだった、母は小さかった、
サナより小さかった、バスを子ども料金で乗っていた、
母は小さかった
おっさんはサナの父親の兄貴だった、
見世物小屋をやっていた、そこの親方だった
たばこの吸いすぎでな、背ぇのびへんねや
ただ小さいのんは背ぇだけやど
おっさんにはおくさんと呼ばれている女が四人いた、どれもおくさんと呼ばれてい
た、だけど誰も間違えなかった、おくさんも呼ばれて間違えたりはしなかった、トシ
がはっきりおぼえているのは、手足のない、胴体だけの、それも短い、顔のきれいな、
トシにもわかった、きれいな、みかさん
口だけでたばこを箱から出してくわえ、マッチを出して擦り、たばこに火をつけた、

もちろんマッチはちゃんと消した、消して、箱に戻した、口紅を塗るのをトシは見た、口紅を立てて、みかさんは上から、口紅へ、唇をとがらせて、つけた、口紅は動かなかった、みかさん

尺八
したろか

みかさんがいって笑った、
勃起していた

トシは母とほら穴へ向かった、どの建物も倒れて、つぶれて、ほこりのにおいてらの裏を母は登れず、トシが担いだ、母はほら穴は何度か見ていた、トシが施設にいたとき、サナに連れられて来た
あいつここ住んでんねん
サナがいった、

サナもしばらく住んでてん
あほやろ
あれ見える？
大きな木
あれが森
トシあの上からここ見つけた
いぬこの穴から来てんて
いぬ！
いぬもいた、
あんたここから来たんやんな
わんっ
いぬが尻尾を振った

母は穴の奥を見ていた、
食べるものがなかった、食べものを探しにトシは山を下りた、歩いているうちに夜になった、空が赤く、あれは火だ、灯りはどこにもついていない、いやついていた、あちこちで、人が焚き火をしていた、黙って火にあたっていた、あたっている、火は暖かい、人びとは笑っていた、冗談を話していた、泣き崩れているものもいた、道にいくつもの死体があった、歩く人はその横を通るとき手を合わせた、青いシートがかけられたもの、汚れたシーツがかけられたもの、どこもほこりのにおいがしていた

食べるもん、良かったら、これ持って行き

男が声をかけて来た、店屋の前を通ったときだった、店は斜めに傾いている、よく見なければ店屋だとはもうわからない、握り飯が、黄色いかごに入れられている、いくつか、二つ、トシは握り飯を手に取った

二つでええんか

もう二つ持って行き

学校がな、避難所になってるさかいな

男はいった、

炊き出しやらやっとーから

毛布やら何やら配ってる

いぬは、相変わらず寝ていた、少しずつかたちを変えてにおいはじめていた

母は穴の奥へ向かって、ひざを抱えていた、見ると口が動いている、

あ、あ、お
あ、あ、お
と動いている、
あ、あ、お
ラ、ザ、ロ
ラザロ！
はーい

母が風邪をひいた、熱を出していた、ほら穴は火をたいていても寒い、
トシは布団や毛布を盗んでほら穴に持って来た、
母は穴の奥を見ている、あいかわらず、小さく

あ、あ、ぉ

と口が動いている

さむいか

トシは男に教えてもらった、避難所、へ母を連れて行った、
学校は、トシも通っていたら通っていた小学校だった、山がすぐそばに見えた、通ってはいない、中へ入ったおぼえは何度かあった、
校舎が、三つ、大きなひびが入っている、校庭は上と下に分かれている、坂の途中に建てているからそうなる、
人がたくさんいるのかと来たら人がいない、避難所になっていると男はいったのに、誰もいない、貼り紙があった、黄色い紙に赤い字で、

キケン！
校舎の中へ入ると、布団や毛布が少し、あった、人はいたらしい、いたがいなくなったらしい、
一階より二階の方が暖かい気がして二階の教室に母を寝かせて、布団と毛布をあるだけかけたり、囲ったりして、暖かいようにして、
母と二人で暗い学校にいた、母はずっと寝ていた、あるだけの毛布をトシは母にかけた
熱で布団の重みで寝るのはいい、境目が薄れる
母は楽しそうだった、熱がつらそうだったが、トシには母は楽しそうに見えた、

ドーン、地鳴りがして、日に何度も下から突き上げて来た
ドーン
ドーン
地面が、石の裏が、暴れていた
横になってその音をトシは聞いていた、母も聞いていた、
トシは起き上がり、暗い階段を上がって校舎の屋上に出た

三階建ての上、
空が、赤い、あれは海の方だ、
浜で何かが燃えている、瓦礫（がれき）だろう、
大きな月、は出ていただろうか、出ていない
下をのぞくと、暗くて何も見えない
目の前には木の先、鳥には見慣れた木のかたちだ、鳥はこの角度でいつも木を見る、
下から見上げることはほとんどない、まったくないわけじゃない

真っ暗の、真っ暗だ、これは、宇宙、うちゅう、そこに浮かんでいる、呼吸はできている、透明の膜に覆われている、裸で浮かんでいる、どこを見ても黒、遠くに、近くに、近いといっても遠い、星、ちかり、ともせずに、点、白や赤や黄や青、自由だ、何からも、ここには誰もいない、何もない、見えているものは、星と、黒、見えない力、見ているのか、ここから、膜から、出ることはできない、出ることができない、どこか息のできる星、いた星、薄い膜に覆われた星、そこへ降りなければこの膜の外へは出られない、膜から膜へ、息をしなければならない、胸が、腹が、膨らんでは、縮む、繰り返している、何をしていても、寝ていても、気を失っていても、生きている限り、これを繰り返さなければならない、風船が、膨らんでは縮む、膨らんでは縮

む、繰り返す、ずっと、繰り返す、繰り返し続けなければならない、このこれ

飛んだ
落ちた

土の上、花壇、らしい、
コンクリートブロックに右足が当たった、心臓の、鼓動が聞こえていた、からだが騒々しい
上を向いていたからだを起こして、上着のポケットに手を入れる、たばこを探している、しかしそんなものをトシは手にしたことはないし、吸ったこともない
母のいる教室に戻った、母は寝ていた、そのそばにトシも横になる、右足がしびれていた、
母のいびきが聞こえている、仰向けになる、なった、暗くて何も見えない、いや見えている、外からぼんやり、これは、月の光だ、そうに違いない、月は出ていない、その青白い光にぼんやりと照らされて、照らされた、天井を、トシは見ていた、飛んだ瞬間の、浮かんだ、からだの、一瞬の、しかしそれは一瞬だった、あっという間に、下へ、星の引力、耳に風を切る音がした、そのときトシの全身は、着地点、落下して

行く先へ、先を、全身で、見ていた、見る見る近づいてくる落下点、黒い土、走馬灯などというが、そんなものは見なかった、からだはもっと自由だ、これまでに縛られなどしなかった、ああそうだ、ひとつ、木の枝が折れる音がしていた、トシによって枝は折られた、枝は驚いただろう、生えてからこれまで、そんな風に上から、折られたことなどなかった、痛い、と叫んでいた、申し訳ないことをした、たくさんの鳥やカエルやザリガニや蛇を殺して食べた、草も踏んだ、蟻も踏んだ、思い出した、男の子の頰を切ったこと、蟻がいた、男の子は蟻を踏んだ、その子の頰をトシは切った、あの子か、トシは思い出していた、あの子の弟が、トシの頰を切った男が話していたのはあの子だ

アホナコトシイナヤ

人の歩く音が聞こえた、靴音じゃない、スリッパのようなものでもない、す、す、と素足か靴下か、

廊下に出てみる、廊下の先、山側、階段のあたりに、それはいる、

トシはそれへ向かって歩いた、しかしトシが歩くと、それも動くから距離が縮まらない、

それが階段を下る、トシと母のいる教室は二階だ、トシが飛び降りたのはその上、の、上

一階に下りて、それは廊下を海側へ向かっていた、右へ曲がれば校庭へ出る、右へ曲がった、曲がり角から校舎の外が見えた、

トシは出た、

それがいた

太った、あれは女か、

女だ

サナだ

サナは、トシを見ていない、

あたりを、まわりを、不思議そうに見回している

サナは何度も穴へ来ていた、トシが穴を見つけて暮らし始めた頃、まだあれこれとせむしの男の世話になっていた頃、サナはもう穴へ来ていた、家へ米を取りに行ったトシの後をつけて来た、のだとはじめて穴へあらわれたとき、サナはいった、サナは

せむしの男とも仲がよかった、おっちゃんおっちゃんとサナは男になついた、サナはすぐに誰にでも気安く話した、せむしの男はトシには笑った顔を見せたことがなかったがサナには見せた、サナだけトシに話しかけた、サナは最初からトシが平気だった、サナは足が歪んでいたから穴まで来るのが大変だった、小さい頃はそれでもまだのぼって来れた、しかしサナはどんどん太って大きくなっていった、父親の背も体重も中学に入った頃にこえた、サナは学校へ行っていた、他の子どもは、ぶた、びっこのぶた、とサナをからかい、近よらなかったが、それはサナが大きいからで、負けるおもてたんちゃうとサナは平気だった、サナは一度教師を突き飛ばして骨折させたことがあった、サナは何度もその話をトシにしたがサナはなぜ突き飛ばしたのかをおぼえてなかった、教師は男で体育教師だった、左腕を骨折した、突き飛ばされて地面に突いた左腕がねじれて折れたのだ、なんかいわれたんは確か、ただ何いわれたかおぼえてない、腹立つことぬかしよってんたぶんそいつ、でなかったらサナそんなことせんよ、きれたんや、サナ、サナきれたらやばいやん、おぼえてないいうのもやばいけど、ゲタゲタと笑った、サナが来た、ほら穴の前には日がさしていて、いぬが寝そべっていて、鳥が鳴いていた、サナは大きくなって、太って、歩くのも大変そうで、ほら穴まで来たことで、真っ赤に膨張し、汗をかき、激しく呼吸をしていた、制服を着ていた、水をあげた、

卒業式やってん
　いぬが尻尾を振って、サナの足のにおいを嗅いでいた、
おかげさまで卒業しました
　サナは制服の上着を脱いで放り投げた、いぬがそれへ吠えた

あとで着る

サナ上の学校行かへん
学校はもうええ
働く
おとーちゃんとは縁を切る、あいつ飽きた、見すぎた、もうええ
中学出たのが区切りや、ひとり立ちする

トンビが上で鳴いた、いぬが見た

そこで相談や、あんたどうする
このままここで、ほら穴で、生きるんか
飽きたやろ
どないや、サナと暮らしてみーひんか
まだいうても子どもやからな、心細いやん
部屋借ろや
どっか近くでええやん、なんぼでもあるやん
そこでサナらはサナらではじめてみーひんか
仕事もして、人間の暮らししてみーひんか
あんた犬みたいな顔になってきとーで
犬になるんか
ほとんど犬やけどな
ただそれでも人間やからなあんた
残念なことに

返事がないな

まーええわ、考えといてよ
いずれにしてもあんたに
あんたと暮らそ
いうやつはサナしかおらん
ここ大事、ここだけ大事

てなると？　どないする、
うーん、そやなぁ
まず住むとこ探す
ただ、今日探して今日みつかる、とはならへん
ならへんやろ
知らんけど
だからそれまであんた、サナをここに住まし

　サナはほら穴で暮らし始めた

しかしこれ、なかなかの難儀ですな
まずそこのてらからの登りな、これがな、サナにはな、堪え難い、
ということで、下りる用事はすべてあんたに任す
はいもうここで最初にいうてたことに矛盾してる
部屋探しわーい
わしが探すいうとったんちゃうんかーい
でもなー、あんたになー、街でなー、部屋探しはなー
まーええ
どーしてええかわからんことは後回しにしよ
だってサナ無理、そう思うやろ
太っとーからちゃうで？
足やで？　いがんでるやろ？　これのことをいうとんねんで？
サナかてあんた足があれちゃうかったら
そんなあんた年寄りみたいな
若いのに
めっちゃ若いのに

十五やで
サラやで、ピンピン、ツヤツヤ、骨も筋も弾力バリバリ、密度もバリバリ、さあこれから世界に飛び出して行きまっせ、あんな坂こんな坂や、どんな坂も飛びながら登る、でもしかしここまでの坂もやばいな、サナもたいがいここら知っとったつもりやったけど、何あの坂、てらまでの坂、あれ人間の歩く角度ちゃうで
そこへ持ってきててらからのそこ
山やん
馬とか無理ちゃう？
ひづめ、滑るで、牛もか、牛はひづめ？　豚は？
サナはひづめちゃうがな
あんた今いいかけたやろ

無口やなーしかしあんたは相変わらず
声出すことないの？
こそばしたろか
こそばないん？

すずめ焼いてこうして食べてますけどね、食べるとこ、ほとんどないね
何羽食うねん、一、二、三、四、五、六、七、八、絶滅するわ
鳩はサナはやっぱり山鳩がええな、あれうまい
からすにはびっくりですよ、からす、うまい
やまどりはうまいよ、そういう鳥やん
きじも
きじ食べたやん、おっさん持って来てくれたやん
あのおっさん何
マタギ?

鳥さすがに飽きたな

ていうかサナちょっと痩せて来てない?
ほら穴生活、痩せ細るで
もうちょい痩せたら踊れるやん、踊るでサナ

生理や

これわかる？　サナは妊娠できるからだとなっております
サナはもうできます
ただなトシ
サナ好きな人おんねん

あんたちゃう

あんたちゃう、いうとこがすごない？
この流れでいくとあんたやろ、普通
普通て何、とかいわんときよ
あるからな、普通て

その人な、鉄曲げんねん
見世物小屋で働いてる
ちっさいおっさんとこにおる
ただなー、奥さんおんねん、

奥さんいうか、彼女やな、結婚してるかどうかは知らん、一緒に住んではる
子どももおる、女の子、赤ちゃん
もうしばらく待って
サナたぶんちゃんとあきらめる
だいたいそいつサナに興味ない
一ミリもない

あきらめたら

あんたは
誰か好きな人おるん
おらへんよな
おったらびびるで

おらへんよな

おるん？

トシが小さく首を振った

びびった

人間の生活しーよ

また今日も鳥の鳴くので目が覚めました
自然満載、鳥、木、岩、土

飽きるわ！
なんやここ！
それに、なんやあんた！

でもまぁもうしばらくな
ここでええか
仮住まいやしな

ここでええな
て思い始めてもうかれこれ夏過ぎてもうすぐ秋なんですけどまだ夏ですけど
　ここらで二人はセックスをする

痛った！

何とかいいよ
こういうとき何とかいうねんで
何とか、とかいわんときよ

二回目しようとせーへんよなわたしら
一回目でびびっとんねん
あんたもそうやろ
な

あれのいったい何が気持ちええの？

まいったねこりゃ
人間大変

あ、ひぐらし

あんた何その血

アイスピックで人を刺した、
トシの頬を切った男とトシは会った、夜だった、前と同じ、大きなクスノキのある神社の横の小さな川沿い、男は他に二人の男といた、酔っていた、
よー
男がトシに声をかけた、あの男だとトシは思わなかった、トシの頬を切ったときの男は、顔が整っていた、しかし今目の前にいる男の顔は崩れていた、両脇にいる二人の男の顔も崩れていた、赤黒く、目鼻立ちが思い出せない、酒なのかもしれない、酒だろう、しかし酒だけだとも思えない、わからない、一人の男が、頬を切った男では

ない、アイスピックを持っていた
　こいつのな
頬を切った男がいった、
顔切ったったんや
のー
トシにいった、
われ、わしに、顔切られてんのー
がきやんけ
アイスピックを持っていた男がいった、
また切ったろか
頬を切った男がいった、
刺したろか
アイスピックを持っている男がいって笑った、トシの頬を切った男も笑っていた、
笑っていないのはもう一人の男、どうしてアイスピックなんか持っているのだろうと
トシは思っていた、アイスピックをトシは手にしたことがない、男たちを通り抜けよ
うとトシはした、そのまま何もなく通り抜けることもできたはずだ、少なくともトシ
の頬を切った男はふざけていただけだ、アイスピックを持っていた男も、

それまで黙って、笑ってもいなかった男がトシの腰を蹴った、
蹴られたトシは川の柵へからだをぶつけた、いぬが激しく吠えた、
それが空気を変えた、男たちはいぬに怯(おび)えた、
何がこうさせたのだろう、
いぬか、
男たちか、
トシか、
トシに頬を切られた男の子か、あの子は死んだ、
場所か、山をあちこち削って造られた坂の多い、そこに住もうと考えた誰か、
小さな川、
大きなクスノキのある神社、
トシはいぬと、米を家に取りに穴を出た、米を食いたいといったのはサナだ、
あの穴は、どうして穴か、
人が掘ったんかな
ここほら、削った跡がある
トシはアイスピックを持った男の手にあるアイスピックを手首に嚙みつきむしり取りそのまま横にいたトシの頬を切った男の腹を刺した

腰を蹴った男がトシを後ろから抱えた時男の足にいぬが嚙みついたその隙にトシは腰を蹴った男の顔へアイスピックを突き立てた左の頬骨にそれはあたりアイスピックを跳ね返しトシの手からアイスピックが落ちて男は血まみれになりトシも血まみれになり男たちの声がしてそれへいぬが吠えた

家に母がいた、母は血まみれのトシを見て

チ

と書き、その横に

チ！

と書いた、

母は半年ほど前から見世物小屋で働いていた、小さいおっさんに誘われた、母が家を出たら、小さいおっさんがサナの家から出てきた、母はおっさんを見たことはあった、サナの母親の葬式でだ、子どものように背の低い大人の男は一度見たら忘れない、母は会釈をした、それくらいのことはする、

誰やったかいな

おっさんがいった、母はポケットから帳面を出して書きかけてやめた、その後おっさんが母を見世物小屋に誘った、ラザロと名付けられることになるトシの弟の生まれ

るきっかけとこれがなった
見世物小屋で、生きた鶏の首を噛みちぎる係をしていた、それを見て人は
おー
といい、まばらな拍手をした
冷蔵庫にたくさんの鶏肉があった、しかしサナは鳥は飽きたといっていた、だから
米だけ、米を、
川沿いへ戻ると警察がいた、血のついたシャツ、白い、シャツをトシは着ていた、
いつもそれを着ていた、所々穴があいていた、袖もさけていた、それが返り血に染ま
っていた、
穴まで逃げた、米をサナに届けたかった、
サナは穴の前にいぬといた、大きく目をあけて、トシと、トシを追いかけて来た警
察官を、見ていた、トシがサナへ米の入った袋を投げて、その場で捕まった、トシは
暴れない、吠えていたいぬはトシが静かにさせた、サナは警察官の腰の拳銃を見てい
た、撃ったりしないか心配で見ていた

施設で一年過ごした、途中一度だけ母に葉書を書いた

まどからきがたくさんみえるきはそのままやまになるやまにはでんせんがあるてっとうがあるとりがないてるぐらんどをときどきねこがあるくぐらうんどにはせのたかいかなあみがあるあさとひるとばんとめしを3かいもくうおやつもあるあさのぱんはとりにやるはんちょうはみしまというやつでしゃべりながらわらうせんせいはさなだでこどもが3さいらしいきおつけいうときだけおおきなこえだすけどこえがちいさいなまえをよばれてわからへんときがあるとしょしつがあるあふりかのしゃしんのほんをいつもみるきりんとぞうとくろいいぬのしゃしんにはおおきなつきがあるひるのしゃしんやさないぬたのむ

クラスには男ばかりが何人もいて、頭にガイコツの入れ墨を入れていたのがとーきちで、トシが話さないのに平気で話しかけて来た、とーきちはそこに一番長くいたただよしの従兄弟だったから、ただよしの従兄弟のとーきちに親切にされていたトシは、誰からもちょっかいをかけられることなくそこで暮らせた、三ヶ月ほどした頃、とーきちが逃げた、逃げる気になれば簡単に逃げられるところだったから、騒ぎにもならずに、しばらくした頃、とーきちは何もなかったような顔でまたトシの横にいた、とーきちはそこを出て、半年後にビルの屋上から落ちて死んだ、シンナーを吸っていて、飛べる、と両手を横に広げて、飛んで、落ちて、死んだ、

死んだことをトシは知らない

トシがいなくなって、それでもサナはしばらくほら穴にいた、いぬは腹をすかせていた、サナもすかせていた、今のうちに下りるか、もう少し待って下りるか、待つって何を、何度かせむしの男が来た、パンを持って来てくれた、パンを食べたときサナは下りようと思った、パンがあまりにもおいしかった、穴でパンを食べたりすることはない、サナはそのとき少し泣いた、泣いていないとサナはいう

泣いてない

穴から下りた、ほとんどすべり下りた、せむしの男がキセルに拾い集めて来たたばこの吸い殻をさして吸っていた、帰るんかと聞かれたサナはうんとうなずいた、いぬを連れていったん家へ帰った、父親は不在で、冷蔵庫を開けるが何もない、トシの家に行くとトシの母親がいて、飯を食わせてくれた、いぬにも、いぬはずっとそこにいたように落ち着いて、トシのにおいがしていた、裏の、小さな庭、ほんとうに小さな、一畳ほどの、で、寝た

サナは、それから家にいた、飽きた父親と二人で、しばらく二人でいた、父親には

彼女がいた、サナより背の低い若いのかそうじゃないのかよくわからないやせた女だった、女は声が小さく分厚いレンズの眼鏡をかけていた、

えんし

と女はささやくような声でサナにいった

夏までいた、だからほぼ一年、運送会社の事務員にサナはもぐりこんだ、会社の入り口に貼られていた求人のビラを見た、歳はごまかした、誰もサナを見て十六、十六になっていた、だとは思わない、五十歳以上の方はこちらと、あれはどこでだっけ、いわれたこともある、

五十はないやろ、せめて三十やろ、十六やで

寮に住んだ、秋になる前、トシが戻って来た、施設から戻るとサナはほら穴にはおらず、家にもいなかった、いぬは家にいた、母といた、母は妊娠していた、相手は知らない、子どもが生まれた、男の子だった、母はラザロと名前をつけた、サナが、腹が大きくなりかけた母に、ラザロと名前をつけられる男の子が生まれる夢を見た、と話した、その子は子どものうちに死んでしまうが、名前を呼ぶとほら穴から出て来る

ラザロは三歳まで声を出さなかった、母と同じだった、
三歳をすぎた頃からとてもよくしゃべるようになった、ずっと一人でしゃべってい
た、まわりに誰もいないのに、誰かとしゃべっていた、
ラザロはしょっちゅう熱を出した、ラザロは熱を出すとうわごとをいい続けた、母
はその度病院へ連れて行った、心臓が変だと医者がいった、穴があいている、手術を
する必要があった、金が必要になった、母は見世物小屋で鶏の首を噛みちぎり続けて
いたけど、間に合わなかった、みんなが少しずつ金をくれた、それでも間に合わない、
母が帳面をひらかなくなった、いぬに当たるようになった
いぬと道を歩いていた、小さいおっさんが向こうから来た、
よートシ
いぬは尻尾を振っておっさんに愛想をした、立ち上がるとおっさんより背が高い、
おっさんがいぬの顔を見上げて、
犬か
といった、
いぬが吠えた、
名前何や

いぬ

今どっちがしゃべったんや
いぬがきょとんとしていた、
トシ
おっさんがいった、
わんいうてみ、
わん
他に鳴いてみ、いぬ、いろいろ鳴くやろ
トシは鳴いた、いぬが朝起きた時の声、朝起きてトシが近くにいない時の声、うれしい時の声、お腹が空いた時の声、あまり鳴きたくないがトシに呼ばれたから仕方なく鳴く時の声、少し怒った時の声、怒った時の声、激しく怒った時の声、いろいろないぬの声をしているトシのまわりをいぬはうれしそうに様々な声を出しながら走り回っていた
トシは見世物小屋で働くことになった、看板には

犬少年

と大きく書かれていた、

はじめて見世物小屋へ出た日、トシが鳴くと遠くの犬が、あちこちの犬が、反応した、

客が犬を連れて来るようになった、トシがはじめると犬は大喜びした、犬にだって犬はあんなに反応しない、客席が犬であふれた、おっさんは犬料金を取るようになった、人間大人千円、犬八百円と差を最初はつけていたが、すぐに犬も千円になり、人間の大人は千五百円になった、子どもは、中学生も、ただだった

いろいろな街に行った、

冬になると雪が降ってあたり一面真っ白になるんやぞとおっさんに教えてもらった街にも行った、その時は冬じゃなかった、夏だった、みんないた、母とラザロもいた、小さいおっさんもいたし、サナの父親もいたし、女といた、小さいおっさんの四番目のおくさんの美人のみかさんもいた、台の上で休んでいる時はからだがなく顔にしか目が行かないというのもあって顔ばかり見てしまう、みかさんはちゃんとそのことをわかっていたから、とてもきれいにいつも化粧をしていた、化粧のない風呂上がりがしかし一番きれいだ、お前なんどいみかさんばっかり見やがって、鉄を曲げる男がい

った、鉄の男はものすごい肩をしていた、鉄の男はトシに親切にしてくれた、サナが好きな人だとトシはおぼえていた、

見世物小屋は誰もが親切だった、おっさんの一番目のおくさんは蛇女のあけみさんで、大きな蛇二匹と暮らしていた、一度夜中にしめ殺されそうになったことがあった、蛇はな、いろいろにしめるんや、皮膚がな、蛇のやで、あっち動いたりこっち動いたりしながらな、そらものすごい、二番目のおくさんのちーちゃんは、ちーちゃんが一番若い、トシとそんなに変わらない、娘かと人は間違える、ちーちゃんはもぎりで、客が通過すると糸を引っ張って仕掛けてある白い布を客に落として、わっ、といわせていて、だけどあれはおっさん、ちーちゃんだけがおっさんと呼ぶ、他のおくさんはちゃんと、親方、と呼ぶ、お化け屋敷の仕組みやから別のにして、といつもいうのだけどおっさんは、それでええ、と取り合わない、その仕組みはおっさんがはじめてこの仕事についたとき、自分で考えた一番最初の仕組みだった、おっさんは親にここへ連れてこられた、先代の親方に、親指二郎、と名前をつけられた、今もそう名乗っていた、三番目のおくさんのみさえさんは食事係で、いつもみんなの腹の具合を気にしていて、太って大きいから、時々、豚女として舞台に出ていたが、必ず、ただのデブやないかい、と客がいうので、ほぼ引退状態で、サナがおったらなぁ、コンビでやれんねんけどなぁ、コンビやったら迫力あるやろ、サナと二人で、豚の親子、な、ええ

思うねんけどなぁ、何回も声かけてんけどなぁ、何してんねんやろあの子、みさえさんは若い頃きれいで、自分でいった、何度も若い頃の写真をトシは見せられた、確かにきれいだった、このきれいな子が、自分のことだ、こうなんねん、これしかしまだあんた、肉ついてはち切れんばかりやけど、いずれしぼんで肉が落ちて、骨と皮だけになって、誰とも区別がつかんようになって、死ぬんや、死んで焼かれるんや、しかしそれでもや、しかしそれでもわたしはわたしや
秋になり、冬になり、正月をすぎて暖かくなりはじめた頃、ラザロが手術をした、うまくいった

夜中、よその、はじめての街で、雪の街じゃない、いや、雪の街だったか、トシはサナを見た

繁華街、飲み屋がたくさん並んでいた、をいぬと歩いて、トシはいぬに首輪も紐もつけない、大きな通りを外れたところにサナがいた、いぬが先に見つけた、いぬが間違えたりしない、
サナは男といた、男は背広を着ていた、黒い背広、サナは笑いながら男に話していた、サナはいつも話している、男に歯がなかった、しかしほんとうにそこまで見えた

のか、見えた
二人は店に入って行った、居酒屋、と書かれていた、店の入り口が見えるところにトシといぬは腰をおろした、長い間閉じられているらしいシャッターの前、座るとわかる、シャッターには埃が積もっている
あちこちから人間の話す声と、自動車の音と、店から漏れてくる音楽、遠くを走る電車の音が、聞こえていた、
路地から猫が出て来た、茶とらの大きな猫で、あくびをした、寝ていたらしい、猫がいぬに気がついた、いぬはとっくに気がついていた、二人がにらみ合った、というより、見つめ合っていた、猫が音を出した、もう気を許したようだった、いぬが、ぼ、と声を出した、二人は何か話しているようだった、やりとりに飽きたのか猫がトシにからだをすり寄せて来た、いぬはしばらくそれを見ていたが、顔を前足に乗せて、目を閉じた、いぬは歳をとっていた、
ビルの間を走る流れ星を見た、とても大きな流れ星だった、いぬは見ていない、猫も、トシの足元で丸くなって見ていない、
いぬが突然、顔をあげた、上に何かいた、からすだった、巣に帰りそびれたのだろう、電信柱の上にそれはいた、山のからすは食べるとうまい、いぬはからすが好きだ、街のからすはくさくて食べられない、からすは賢いからなかなか捕まえられない、一

度捕まえられて食べられてからからすはほら穴のまわりには来ない、あそこへ行くと捕まえられて食べられるとからすは知っていた、すずめは来ていた、
サナと一緒にいた男の顔をトシは思い出していた、思い出していると、思い出そうとしていると、顔が浮かぶ男がいた、
時々見世物小屋に男は来た、前、見世物小屋に男はいたらしい、何をしていたのかはトシは知らない、首から右の胸に蛇の入れ墨をしていた、きよし、とみんなは呼んでいた、母はきよしが来ると姿を消した、母はあけみさんの部屋に蛇といた、隠れていた、ラザロの父親だとみかさんが教えてくれた、ラザロは隠れてなどいなかった、きよしの前にもいた、しかしきよしはラザロに触ろうともしなかった、水ばかり飲んでいた
シャブ中やあれ、
鉄の男が教えてくれた、
男の顔は笑っていた、
いぬはからすをあきらめたのか、再び前足に顔を乗せて目を閉じていた、猫はいぬにからだをつけて毛づくろいしている
冬、いぬは死んだ
その一ヶ月か二ヶ月か前、トシはきよしの耳を、酒を飲んで暴れて母を探しまわろ

うとするきよしの左の耳を、ナイフで削いだ、耳を削がれたきよしは、
ぎゃー、
と大げさに転げ回って、
耳耳耳どこ、
と泣いた、
耳は鶏小屋の前に落ちていた、母が首を食いちぎる鶏たちが七羽いた
いぬとその場を離れようとしたトシをみかさんが、待ち、と止めて、胸元から口で、ベロで、どう動かしていたのだろう、何枚かの札を出し、くれた、トシはその金を握っていぬと逃げて、何日か、何週間、夜通し歩いて、いぬの調子がおかしくなったのはその時だ、少し歩いては立ち止まり、舌を出し、はぁはぁと息をするようになった、長く歩くのはもう無理だった、トシはまだまだ平気だった、犬でいえばまだ一歳ほど、からだは大人なみだが子犬といってもいい、いぬは人間の歳でいえばもう七十までは行かずとも、六十はすぎていた
トシはいぬを連れてほら穴へ来た、
トシがほら穴に住んでいたことは見世物小屋の人たちはみんな知っていた、警察は見世物小屋へ来ただろう、来ればトシのいそうな場所を聞き出そうとしただろう、聞かれればこたえる人もいただろう、簡単にほら穴は見つかってしまう、だけど誰もほ

ら穴へは来なかった、誰もほら穴のことは話さなかった、
犬にしゃべるかい
犬てポリのことか
そうや
そら犬に悪いで
一人だけ、ラザロだけが、一度だけ来た
にーちゃん
とラザロはトシを呼んだ
にーちゃん
ラザロは穴の奥をじっと見ていた、トシが鳥を焼いてやると、おいしいと食べた、トシはラザロを見舞ったりしなかった、二人でこうしていたのもはじめてだった、トシはラザロの父親の耳を削いだ、いぬが死んだ、ラザロもいた、二人でいぬの死ぬのを見ていた、穴から来たいぬ、最初のいぬ、白だったか茶だったか黒だったか大きかったか小さかったか、いくら思い出そうとしても思い出せない、どれでもあった、目だけは思い出せる、黒い目、鼻も思い出せる、黒い鼻、
いぬ
ラザロが小さく呼ぶと、いぬは目の上にかすかにしわをよせてラザロを見た、

ぼく
これな
とラザロは手で自分を叩いて
ぼくも
あとで行く
といった
息が止まった、心臓も止まった、なでると毛は相変わらずだったが、その下、肉は
冷たく、固くなった
トシはいぬをほら穴の前で焼いた、夜焼き始めて、朝まで焼いて骨にした、一つを
食べて
かり
ラザロも食べた
他は山に投げてまいた

サナが出てきた、男と出てきた、二人が歩き出した、トシはいぬとあとをつけた、
猫はいなくなっていた、
サナと男はホテルへ入って行く、連れ込み宿じゃない、普通の、大きな、ホテル、

近くに海があった、浜へ下りることができた、いぬはゆっくり砂の上を歩いていた、いぬに鳴いてみた、いぬがそれにこたえた、また鳴いた、こたえた、いぬはその頃から実は少し疲れていた、いぬにはわかっていた、しかしトシにはわからなかった

大きな月が出ていた

しばらく二人でいろいろ話した、何を話した、というのとは違う、話した、音のやり取り、短い音をトシが出すと、いぬが短い音を出す、もう一度短い音を出すと、今度はいぬは長く、細く、音を出す、その音をトシが出すと、いぬは、大きく

わん

と鳴いて、喉を鳴らしてトシが低く唸ると、いぬも唸る、トシは横になった、いぬも横になった、月が見えていた

底についた、

空、じゃない、橋の裏、はもうどこだかわからない

月は出ているのだろうか、いぬは

真っ暗で、目をあけているのかとじているのかわからない、あけていたのかどうか

もわからない、暖かかった、暖かいように思えた、いぬを思い出していた

ラザロは車に轢かれて死んだ
ラザロはキイチの家へ行く途中、車に轢かれた、
ラザロは小学校でキイチと知り合った、ラザロは授業がまったく理解できなかった、
質問されている言葉の意味がわからない、
キイチが教えてくれた、キイチはよくできた、キイチは背が学年で一番低く、その
次がラザロだった、二人は小さかった、別の種類の人間のようだった
キイチがイたからラザロは学校へ通った、ラザロはキイチが好きだっタ、結婚シた
いと思ってイた、言ってハイない、そウ思っていた、キイチハスきな女のコがイタ、
ナンドモそれをラザロはキイた、
ユ
とキイチはその子を呼んでいた、
ユ
ユは目がミエなかッタ、イつもシロイツエをモッていた、ミンなハ、ユニ

メくラ
とイッタ、イワれタユは、
ソウやデ
トイッテ、ワラっタ
でもな
ユハイった
アンタラよりみえタリモスルデ
ジブンでみテるカラナ

あ

ラザロは、キイチニ、ドうシタラコドモガウマレるノカキイタ、キイチハエにカイタ、
コレガチンポ
オとコ
コレガオメコ
オンな

チンポがオメコノナカニハイッテ、セイシをダシテ、ソレガ、コドモニナル
ダカラナ、オトナにナッタラナ、ミンなスル、セーヘンヤツモオルカモシレヘンケド、ダイタイミンなスル、シタカラみンなオル
ソレハ
ラザロガイッタ
ソレハ、オトコトオンナダケ？
ナニガ
キイチがイッタ
オトコと男ヤトコドモハデけへんノ？
あー
キイチはイった
ソれハ知らん
ラザロはトシに聞イた、トシは何もコたえなかった、母ニも聞いた、母は帳面にコう書いた
デケヘン
ラザロはとても不満だった、どうしてなのかと思った、どうしてなのかと思って、だけど自分は子どもがほしいと思っているのか考えた、今はほしくない、今は子ども

だから、だけど大人になったらほしいと思うかもしれない、ほしいと思った大人のぼくはそうなればかわいそうだ、子どもがほしいのに作ることができない、もらい子という手があると教えてくれたのはキイチだ、キイチが調べてきてくれた、親がいても何かの理由で育てられなかったりする子どもをもらって自分の子どもとして育てる、それができるならいい、かなと思い直した、それでもまだ少しかわいそうな気もしたけど、それくらいならもっとかわいそうな人はほかにたくさんいる、ユは目が見えない、みかさんは手も足もない、おかあさんは話せない、トシは話さない、だけどあれはかわいそうなのか、ぼくはそう思わない、かわいいと思う、だけどかわいそうとかわいいは似ている、だからやっぱりぼくはかわいそうと思っているのかもしれない、その仕組みを教えてくれてありがとうとぼくはキイチにいった、キイチとはいろんなところに行った、キイチのおかあさんが連れて行ってくれた、キイチのおとうさんはいつも仕事でいなかった、外国で仕事をしていた、キイチはそういっていた、近くにいた、近くに女といた、おかあさんは二人を道で見た、キイチのおとうさんは若い女の人といた、女の人は赤ちゃんを抱いていた、

ラザロはそれを見た

ラザロはキイチの家へ行く途中、車にはねられた、車はラザロをはねて、逃げた

倒れているラザロを見つけたのは、キイチの父親といた、赤ちゃんを抱いていた女だった、そのときも赤ちゃんを抱いていた、

すぐに死体だとわかった

と女はいった、

不思議なもんですね、死体はすぐに死体やとわかる、何でなんですかね

女はしかしそれがラザロだとは気がついていないし、女はラザロの存在を知らない、キイチの存在も女は知らない、キイチの父親は結婚はしているが子どもがいるとは女に話していない

女は少し先に見えていた酒屋へ飛び込み

なんか、子どもみたいなのが、死んでる

といった、酒屋へははじめて入る、前は何度も通っている

酒屋は、母の兄がトシがもらい子にやられた酒屋の男とばったり会った酒屋だった、酒屋は女の、もらい子へやられた先の酒屋の女、の、親戚だった、それは遠い、どう遠いのか何度説明されてもおぼえられない、女だけが把握していた、親戚、母と母の兄の、だ

酒屋の男が警察に電話をした

救急車やろ

と女は思ったが赤ちゃんがぐずり始めていたので、言わずにいた、どうせ死んでいるのだ、すぐに警察が来る
母へ連絡が来るのは夜だ、ラザロは手ぶらだったし、どこの誰とわかるものを何も身につけていないから、どこの子なのかわからなかった
いちいち名前を書いていたのはキイチで、キイチは下着のどれにも名前を書いていた、パンツには住所も書いていた、なんでと聞くとキイチは、だって交通事故とかあったとき誰かわからんようになるやん

ぼくもそうしてればよかったけど遅い

母はラザロが死んだと聞いた時、すぐにサナを思い浮かべた、その時サナは、歯の抜けた男と、連れ込み宿の部屋にいた、男はサナの股をなめていた、母はどうしてサナを思い浮かべたのかわかっていない、ラザロと名前をつけたのはサナだ、サナはそのことをおぼえていない、母はサナを思い浮かべたことに気がついていない

穴の底にいる

目の見えない男が見世物小屋にいた、男は手品をした、カードを一枚客に選ばせて、
客に切らせて、自分では何もせず、それを当てた
何度も男はタネをトシに説明した、
ええか、見とけよ
やって見せてくれた、
見てるか
目玉ついてんねやろ
もっかいやるで
男はカードを手で見ていた
そうや
あれほんまにめくらか
どこかの子どもがうしろからバケツを投げた、当たる瞬間に男は振り向いたから、
鼻に当たって血が出た

ごめんなさい
と子どもは、三人いた、走って逃げた
男は歩く時、いつも小さな舌打ちをしていた
音でな、わかるんや
音を出す
返ってくる
男はいった、
イルカや

シャチなら見たけどなー

いぬに手をやる時、一度もずれたことがなかった、
熱のかたまりやからな
のー
男がいぬの顔をぐしゃぐしゃと撫でた、いぬは男の手を舐(な)めた
男の手は柔らかく、皮が薄く、いつもかすかに湿っていた、関節はないようで、逆へ反らせると、手がどちらを向いているのかわからなくなった

ばくち打ちの手ぇや
お前の手ぇもそうやぞ
トシの手を触り、関節を何度も動かした
鉄の男が
こいつな、絶対捕まえてられへん
と男を羽交い締めにした、二人は笑っていた、男はするりと鉄の男がしっかり組んだ両腕から、抜けた、何度やっても、鉄の男は男を捕まえていることができなかった
力のな、方向があるんや、その逆へ行く
男はいった
見えるやろ、力
見えへんか
目玉があるのも不便やのー
男には風も見えたし、音も見えた、息を吹きかけたのが誰なのかわかった、
いぬと一緒や
においが見える
トシはよく男の部屋にいた、男は小さなフクロウを飼っていた、男には息子がいて、七歳だった、学校へ行ってなかった、その子が捕まえて来たねずみを男はフクロウに

食べさせていた、ねずみをとるのが上手だった、ラザロの面倒をよく見てくれていた、
ラザロはな
その子がいった
どこ見とーかわからへん
よそ見ばっかりしとったら
男がいった
車に轢かれるぞ

男の名前が思い出せない
男の子の名前も思い出せない

おとうちゃん
男の子がいった
テレビに出たええねん
男がいった
出ても出てるわしをわしは見えへんがな
そらそうや

男の子がいった
出てんねんから
え
男がいった
わしテレビ出とんか
トシはたぶんこの時はじめて、この時だけ、父親がいたらいいなと思ったのだが、
おぼえていない

男の名前が思い出せない
男の子の名前も思い出せない

サナは建設現場の警備員をしていた、その一年前、二年前、おぼえていない、サナは北にいた、
現場作業員はわたしのことをぶたといっていた、わたしの前ではいわなかったがいっていたのを知っていた、

入ってはいけないところに子ども、男の子、が入ってけがをした、わたしが見ておかなければならなかった、ミスだった、子どもは足の骨を折った、わたしと同じ右足だった

たまにしか来ない社長がわたしを連れて子どもの家に謝りに行った、

社長をわたしは四回しか見たことがなかった、その時がその四回目だった、ゴルフの服を着ていた、

子どもの母親が、

機敏に動けもしない人が警備員をするというのは変だ

といった、わたしがデブだからだめなんだ、そういっていた、

こんな豚雇うか普通

茶簞笥（ちゃだんす）のガラスにわたしがうつっていた、わたしでさえ、すぐにはそれが人だとは思わなかった、

大きなソファーだなと思っていた、だけどどこにもソファーなんかないなと思っていた、わたしだった、

ぶかぶかだった制服はきつくなっていた、柔道をやっていた大きな男の人が着てたのがちょうどあるわこれ着てみたらと着せられた制服、さすがにぶかぶかやねと事務員のおばちゃんが笑った制服

どんどん太る、
日に日にわたしは太っている、
じっと見ていれば膨らんでいくのがわかるのじゃないか
動けます
わたしはいった、
わたしのこの体を見てそうおっしゃっているのだと思いますが、右足もこんなやし
わたしは正座ができないから足を伸ばして座っていた、その座り方はとてもくつろいだ形に見えていた、
しかしわたしは結構機敏ですよ、お子さんのことも気がついていたらわたしは助けましたよ、気がついてなかったんですよ
わたしは動けはするが、機敏、になんか動けない、
警備員には年寄りもいた、ロウさんとみんなが呼ぶ、痩せた老人は、制服もぶかぶかだったし、喘息(ぜんそく)持ちだった、
ロウさんもそうやし、マチダさんもそうや、マチダさんは昔プロボクサーやったとか自慢してるけど、殴られすぎたのか、物覚えが悪い、
大変ですよマチダさんとかほんまに覚えられへんから、いちいちわたしが紙に書いて渡して、ロウさんなんか五十メートル歩くのに二分かかる、たぶんわたし目もちょ

っとあれみたいで見えてはいるんですけど視界のはしがぼんやりしてるみたいで、子どもの時に父親に叩かれて、足は前もいいましたけど母親に突き飛ばされて、あかんわこの話してたら泣きそうになるわ、だから子どもも見えんかった、あの子小さいし小さかったですよあの子、発達が遅いんかな、でもそれもマチダさんよりはましですよ、マチダさんあれ右目ほとんど見えてませんよ、調べた方がいいと思いますよ、右から来た車とかマチダさん見えてないかもしれませんよ、思うんですけど最近の親ってちょっとどうかなって、大丈夫なんかなって、子どもなんか正直大人になれるの何人かに一人ぐらいがちょうどええんちゃうかなって

大きな靴

子どもがいった、足の骨を折った子どもの二つ下の女の子、わたしの靴を持ち上げて笑った、わたしは足が大きい、靴のサイズは二十九だ、女でそのサイズはいない、なかなかいない、わたしはそれをいわれるのが嫌だ、ぶた、といわれても平気だが、足の大きいのを笑われるのは許せない、殴ってやった

社長が大きな声を出した、顔を白くして、怒ると赤くなるというが嘘だ、人は怒ると白くなる、激昂、していた

げきこう

げっこう

月は、まだ出ていない

荷物を返してほしければ連絡しろと書かれた紙が戸に貼られていた、サナは部屋へ入れなかった、金もなかった

あちこち歩いた、寒かった、商店街を歩いていた、

酒に酔った男が二人、大きな声をあげて歌いながら歩いていた、財布が見えたがサナは盗んだりしなかった、

大きなからだでは相手が酔っ払いでもスリは難しい、

男たちは楽しそうだった、しかしあの男たちもいつか死ぬ、あの男たちもかつては赤ん坊だった

いくら歩いても寒かった、こんな寒い時期に錠をかえて締め出すなんてよくできたものだ、

サナはいつの間にか、ほら穴のある山へ向かって歩いていた、ここらを歩くのは久しぶりだ、

大きなクスノキのある神社の横を川沿いに歩く、坂がはじまった、ああそうだった、

坂だった、早くもサナからは汗が噴き出して来る、あんなに寒かったのに、サナには夏だ、寒かった頃が懐かしい、少し立ち止まればいい、すぐに汗は冷えて冬になる、

坂、坂、坂

今は何時だろう

坂の先に、あれは何だ、外灯がある、公園、公園ができていた、あんなところに公園なんかなかった、あったのか、知らない、なかった

知っていた街が、知らない街になっている、父はどうしているだろう、何年も会っていない、誰とも会っていない、

トシとも

三十になっていた

見世物小屋から逃げて、きよしの耳を削いで逃げて、いぬが死んで、いぬがまた来て、

ほら穴の前で捕まえたすずめの羽根をむしっていたら、いぬ、はいた、トシが、小さく、鳴いた、いぬは前からいたようにトシに近づき、手をなめた

またいぬが来た

トシはそれから何度もそこで季節を経た、
ほこらのせむし男はずっといた、たまに男はほら穴まで来て、トシがほこらへ行くことはなかった、二人で飯を食べたりもした、しかしそれもほんとうにたまにで、いても話をしたりはしなかった、
熱を三回出した、
左手の小指と、右足の中指の骨を折った、何をしていて折れたのかはわからない、その瞬間の、その部位しかそれは知らない、
細胞は何度も再生し、二センチと三ミリ、身長が伸びた、
体重は緩やかに変動し、一キロ二キロの範囲で、増えたり減ったりはするが、だいたい落ち着いた、
せむしの男が死んでいたのはいぬがみつけた、
いぬがいつもと違う、はじめての吠え方をトシにして、いぬのあとをついて下りたらほこらで男が死んでいた、
男は金をためていた、その金と、鍋やら服やら本やら、何冊もの本、男の残した全部をトシはほら穴へ持ち帰った、
男はほら穴の前で、焼いた

男の残した金でトシは、部屋を借りた
小さなアパートの、誰も住んでいないアパート、あらゆるものを、ほとんどゴミだ、それを家中にためている女、その女が、
ゴミだらけの家、
トシは忘れていたが、川沿いにあった宮下と彫られた松の木の前の路地の先の、大きな家、庭にはバラの咲いていた、
女はその家で生まれた、両親は離婚し、女は母親と遠くへ越した、父親は外国へ、そのどちらもが、死んで、家が女に残された、そこへ女は戻って来た、
女の親はその家の横に、アパートを建てていた、家もアパートも荒れていた、
母が書いたような字で書かれた

ヘヤアリマス

の貼り紙、本気で貸す気で書いたのか、トシはそれを見た、ガスも電気も通ってなかった、水だけは出た、そんな部屋へ、そんな部屋だからこそ、トシはいぬとそこへ住めた、
女はそこにトシがいるのをおぼえていない、

時々いぬの鳴くのが聞こえた、昔、女が、自分がいる、と気づき出した頃、女の家には犬がいた、小さな、足の短い、庭を走るのを女はおぼえている、名前は、名前

女は、自分の名前も思い出せない

母は一人でいた、一人で、見世物小屋はやめて、焼肉屋の裏、洗い物や掃除、そんな仕事をしていた、焼肉屋は、みかさんの紹介だった

サナはあちこちに、飛んだ、遠くの街にも、北へも住んだ

冬になると雪が降る、真っ白になる、寒いよ、ガタガタ震えるなんてもんやないよ、凍る、死ぬ、凍え死ぬ、それでもこじきはおるからすごい、しのぐからね、あれこれ知恵絞って、ものすごい着ぶくれしてはる、そらそうやん、着られるものは全部着る、その上から毛布、ビニール、新聞紙

猫もおる、子猫が大きくなる、冬を越す、雪の上歩いてる、ふくらんで、ちゃんと部

屋借りてたよ、飲み屋街の、ど真ん中、外国人が何人も住んでてね、わたし好きでねそこ、ここでずっと暮らせたらええなって、冬になると寒いから、部屋から出ーへん、誰かと住んでた、誰かと住んでたな、誰かと住んでた、誰やったかな、よーたばこ吸う人でな、なんで思い出されへんねやろ、女の人、すごいねん、全身、アトピーで、赤くて、かさかさ、乾いてる、時々血がにじんでる、ひどいな、一緒に住んでたのにな、名前が、出てこーへん、思い出してるの、アトピーて、そらないで、名前、家賃半分ずつにしてな、してくれて、安かってん、その人、その人がまずそこに住んどったからな、その人がそこへ入る前、そこで自殺した女がおったとか、なんかそんなん、しばらく誰も気がつかへんかったから、いたんで、掃除したんやろ、そこへその人、そこへ、サナ、旅行したんや、北の、地の果て、そこでな、シャチ見た、マッコウクジラ、見た、そのまま、いや違う、その時、一緒に、シャチ見た、おっさん、そのおっさんと、何であのおっさん、そのおっさんが死んで、死んでみるとおかしなもんで、しばらくさみしかった、さみしいとは思てないねんで、退屈、そのおっさんしか話し相手おらんかったしな、あーそうそう、家出てすぐ、すぐに勤めた運送屋、そこにおった、おっさん、親切にしてくれて、してくれたよ確か、ご飯や、お酒や、サナまだ未成年やけどな、酒は強い、強かった、お酒、おかあちゃんも、まー、よー飲んでたね、おとうちゃんも飲んでたけど、おかあちゃんほどではない、その人とあっちとこっち、おっさん、何やったんやろあのおっさん、セックスした、何回もした、しながら何でこんなおっさんとサナしとんやろて、おっさん、歯抜けの、絶対好きではなかったね、それは間違いない、くさいし、仕事もとくにできるわけでも、でけへんわけでも、ない、歯が抜けてはげかけてるぐらいしか取り柄のない、取り柄か？　ええとこをね、思い出そうとしてみてもね、思いつかへんというね、やのにね、何回もして、死んだら何となくさみし退屈というね、流しのある部屋はさんで、便所とシャワー、洗面所、おっさん死んで、北へ行った記憶だけが鮮明にあったから、行ったん、一人で、だけどシャチのおる海は遠い、北の果てやからね、だから、北の、そこの一番大きな街、そこで、試しに、仕事探してみたら、掃除の仕事、あって、駄目元で連絡してみたら、来てください、いうから行ったら、オッケー、えー、そやけどサナ一応旅行で行ってるやん、泊まってたとこ、ビジネスホテルやん、住所書く時、そこの住所書いて、調べられたらすぐわかるやん、だから絶対あかん思てたけど、明日から来れますか、いうて、はい、いうて、そこでその人、働いてた、おじいさんとおばあさんと、三人、名札つけてたはずやねんけどな、それと、暮らしてた、北で、繁華街の、飲み屋街の、ど真ん中、蟹の看板が、前に、蟹食べさせるとこ、サナは食べたことない、シャケは食べた、おいしいねん、やっぱりおいしい、繁華街のな、すぐ近くをな、川が、流れてるんやけど、そこにもシャケ、おるよ、いうて、その人が、見た、シャケ、鮭、やな、まだ泳いでるからな、捕まえて切り身にしたらシャケになる、蟹は見たことない、海やしな、だいたい高いもん、あんな高いもんいつ食うねん、暮らしていうても、何ヶ月、秋から冬、真冬、靴くれた、その人、すべるやろ、わたし穴の空いた運動靴履いてたから、これ履き、いうて、雪の上、氷の上、歩いても大丈夫なやつ、くれた、その人、これ履きいうて

誰かいる、流しのある部屋、台所、をはさんだその向こう、
一人じゃないのか、
かすかに音がした、している、あてにはならない、髪は白く、痩せて、わたしには歯もない、耳も雑になっているはずだ、しかしそれでも聞こえている、そこへ向かう、台所を通る、冷蔵庫、電子レンジ、炊飯器、
景色がぎくしゃくと上下する、戸の前に立つ、ゆっくりとその戸をあける、もわっと暖かい空気、真っ暗、これは、いびき？　誰か寝ている
誰だろう
あの人だ
アトピーの、かさかさの、もうええって
間違いない

わたしはその、寝ているあの人の横にしゃがんで顔を近づけてみる、
暗くてよく見えない、いびきがわたしの顔に、かかる、

声も思い出さへん、忘れるのは、まず声、おかあちゃんの声も、おとうちゃんの、おとうちゃんの声はまだおぼえてるな、サナて呼ぶ声、まだ耳にある、でもおかあちゃんのはない、録音機で、録音でもしてたら、聞かされたら、これ！　てわかるんかと思たら不思議やな、どういう仕組みなんやろね、録音した声聞いたわけではないからね、どれかわからーん、ていうかもしれんけどね、でもたぶんね、聞いたら思い出す、ましてや、大人になってから、そう、大人になってた、はたち過ぎて、大人になってから知り合った、それも何ヶ月か、それだけしか重ならへんかった人の、声は思い出されへん、してもろたこと、いうてくれたこと、そんなんはおぼえてるのに、でもさー、その仕組みを思うとさー、犬とか猫とかさー、そうやっておぼえてるんちゃうかな、思い出す、なんてことは、そんなめんどくさいことはせずに、聞けば思い出す、行けば思い出す、触れば思い出す、だから、思い出は、サナの脳の中にあるんじゃなくて、そこ、外、相手、にある

その人は寝ている、目玉がまぶたの下で動いている、夢を見ている、

夢の中でその人はわたしになり、死んだわたし、わたしは死んでいる、死ぬ、死んだわたしが、そうなりたかったわたしとなりその人をこうして見ている、わたしはこの人の夢だ

名前は、思い出せない、その人は、夢の中でわたしになり、その人の名前が思い出せない、それでも

短いあいだでしたが、ありがとう、忘れてません

とわたしは声に出さずにいう

公園にはピンクの象がいた、鼻がすべり台になっていて、中に入れた、サナはその中に入った、狭かったからサナと象には隙間がなかった、吸い殻がいくつもあった、ビールの空き缶が七つあった、サナはそれを足で蹴り出して顔を上に向けた、小さな穴が白く光っていた、

空に大きな月

サナは震えていた、手に息を何度も吹きかけた、体中を両手でこすった、汗をかいた、寝るなら今だとサナは目を閉じた

山を歩いていた、蟬がうるさい、一つを捕まえて見てみる、これが鳴いている、これが何千何万といる、山が鳴いている、サナは墓参りに来ていた、母の墓だ、後ろの遠くに父がいる、見えないがいる、木がなくなり、腰ほどの丈の草の生えた場所に出る、ここらが墓だ、しかし墓石も何もない、おかあちゃんはどこにいるのだろう、ほら穴を見つけた、そこへ入る、穴は地下へ潜るからサナはそこを歩く、広い場所に出た、暗いはずなのによく見える、寝台のようなところに母がいた、母はサナに気がついていない、暗いからよく見えないのだろう、

おかあちゃん

母に小さく声をかけてみた、母がこちらを見た、母はサナを覚えてなかった

ごめんね

わたし、もう何も覚えてないねん

わたしがどこの子で、誰の子で、どんな風にして生きて、死にかけて、死なずに生きて、死んだのか

どんな人間とどれだけすれ違ったり、目を合わせたり、触れたり触れられたり、したのか

どれだけの言葉をこの口から出して、どれだけの言葉をこの耳に入れたのかわたし、覚えてないねん

でもね、時々、ほんまに時々、あれ？　今思い浮かべたのは何やろて思う時あんねん

母には蟬は聞こえていなかった、蟬は生きているものにだけ向かって鳴いていたから母には聞こえていなかった、雷が遠くで鳴った

サナはサナのいびきで目がさめたと思っていたが違った、

たくさんのオートバイか何かが走っているような音がしていた、
何だろうとサナは思った、
突然縦に大きく揺れた、
サナは象にぴったりとはまっていたから象の動きに合わせて動いていた、
縦横斜めに激しく揺れた、
電柱が倒れるのが目のはしに見えた、
どの角度でどう見えたのだと聞かれてもサナにはわからない、見えたのだ、見たのはサナだ、
サナは母親に突き飛ばされる瞬間、ドブの隅をねずみが走るのを見た、ねずみにサナはどう見えているのだろうと突き飛ばされながらサナは考えていた、
揺れがやんだ、
サナははって外に出た、

出てない
出た

まだ暗かった、

サナは象とサナだけが揺れたのだと思っていた、何日か前から目まいがしていたからだ、それはなぜかわかっていた、食べてなかったからだ、食べてなかったのは金がなかったからだ、
サナはあんなに大きな象を壊してしまったと思っていた、
散々な日だとサナは思っていた、誰かに話したいが話す相手がいないとサナは声に出して笑ったはずだ、
静かだった、
物音がしない
遠くからサイレンが聞こえて来た、人の叫び声もした、
壊れていたのは象だけじゃなかった、
サナの部屋があったアパートはぺしゃんこに崩れていた、
近くで火が出たと声がした、火は見えていなかった、しかしすぐに見えて来た、火はゆっくりと大きくなっていた、
ちぎれた電線から火花が出ていた、
明るくなって来た、火の光と、日の光だった、

サナはほら穴に向かって歩いていた、

いぬがいた、
どのいぬだとかもうサナも問わない
いぬ、だ
いぬはサナを見ていた、
サナはてらの裏の木の一つに手をかけた、いぬが見ていた、
ほら穴があった、
トシがいた、いぬといた、
夜になると空が赤く光った、街が燃えていた、白い丸い光が飛んでいた、
トシもそれを見ていた、
大きな月が出ていた

学校の、避難所で、起きると母が死んでいた
母はほら穴へ来てから起きているあいだ中、穴の奥を見ていた、そして時々、口を
動かしていた

あ、あ、お

奥にはいぬがいた、横になって、小さな虫や、奥から来たのかねずみに、食べられていた

母は穴の奥からラザロが来たのを見た、ラザロはピカピカに光っていて、笑っていた、ラザロはそのまま母の横にいた、

母は毎日ラザロと話していた、口でじゃない、字も書かない、母はこうしてトシやラザロと、二人が生まれてからずっと話していたことを知っていた、もちろんトシもラザロも知っていた

ラザロはよくしゃべった、目にうつるもののいちいちを、頭に、からだによぎるもののいちいちを口にしようとした、まずは名前、ものの名前、知っている限りそれを教えたのは、母だ、何にでも名前があった、もちろん知らないものもたくさんあった、しかしそれにも名前がついていた、

一度誰かがつけて、みんなが口にし字にしはじめたものの名前は、変わることがなかった、変えることはできる、禁止されているわけじゃない、しかしこう変えたと伝えて回るのには限界があった

母を悩ませたのはしかしそこじゃない、母が悩んだのは、ラザロのからだに出入り

する、膨大な、思い、やら、考え、やら、もっとそれ以前のいちいちについてだ、それをどう、コトバ、にすればいいのか、コトバ、にする必要があるのか、だいたいそんなものを他のものにどう置きかえるのか、ラザロが、どう感じて、どう考えて、どう思って、何でもいい、いるのか、母に同じものが思い浮かべられるのか、同じでないのに、何を、どう、教えるのか、だからラザロの言葉数はどんどん増えた、単語が増えたのじゃない、話すたびに、それを、その瞬間よぎるあれこれを捕まえようとするから、聞いている方はいらついてしまう

ぼくな
ぼく
ぼくというのは、ぼくな
ぼくな
でもな
ぼくのな
手ぇはな
ちゃう
ぼくのな
今はな

でも手ぇいうたらな
手ぇがな
えとな
ここがな
ラザロはお腹のあたりを両手で
えとな
ここばっかりな
口もな
べろ
あ、今、ングる、て
ぼくのな
ここらで、ああお腹が空いているのだなと、母は何か食べるものをラザロに渡す、食べれば合っていたということになる、出されたから食べた、という余白も残しつつ、しかしそれも、いつも、いつでもわかる、というものではなかったから、わかっていたのかどうかわからない、
　話したりしないほうが楽だな、と母は思っていた、トシは話したりしないから母は楽だった、トシは腹がへれば勝手に何かを食べたし、赤ん坊の頃は乳を飲んだ、何度

もそこらにはえている草や、木のかけらを口にして、吐いたり、口を切って血を出したりしたが、一度そうなればトシはおぼえた、ラザロも行為はほとんどトシと同じだった、しかしラザロはそのいちいちを話して聞かそうとした、

字ぃおぼえさせたら

ええんちゃうか

ほな勝手に一人で

帳面と鉛筆持たせときゃ

といったのは親方で、小さいおっさんで、なるほどと母は、ラザロに、カタカナ、を教えた、あっという間にラザロはカタカナをおぼえた、゛をつける字と、゜をつける字と、それをおぼえるのにラザロは時間がかかったけど、結局、理解はせずに車に轢かれたけど

母の熱が下がらなかった、寒いからだと考えたトシは母を穴から街へ下ろし、人のいない避難所へ連れて行き、そこで母は死んだ

街の火事はやんでいた、ものの焼けたにおいが始終していた

毛布にくるんで紐で縛り、背中に担いで、小さな母の荷物を手にトシは、母をほら穴へ運んでそこで焼いた

母が手元にいつも置いていた、巾着には帳面と、帳面は他に何冊も別の袋に入って

いた、預金通帳と印鑑、帳面だけ残して燃やした

ほら穴の奥へわたしは歩いた、真っ暗な穴の中を、いぬが来た穴、ラザロが来た穴、
穴はどこまでも続いていた、山一つ分歩いていたはずだ、
真っ暗だった、
わたしはトシに会うつもりでいた、どうして今まで会おうとしなかったのか、トシ
にも問う、

どうしてわたしと会おうとしなかったのか
がれきは撤去され、更地になり、新しい家やビルが建った

暗いな、

手品の男なら、
あの目の見えない手品の男は、小さく舌打ちをしていた、
音を出して、その返りで、それは見える、そう男はいっていた、違ういい方だった
かもしれない、
イルカ
警備員をしていた頃、

誰が

イルカのショー、水族館で、その警備をしていた時、ショーのあいだ、イルカはプールで遊んでいた、分厚い、ガラスじゃないなあれは、プラスチック、よく知らない、それで囲まれた大きなプール、そこで遊んでいた、イルカは呼ぶと来た、来た時ははっきりと目でこちらを確認していた、名前を呼んだりしたわけじゃない、コンコン、と厚いプラスチックのプールのへりを叩く、イルカは、聞こえたよ、とその時、反応したようには見えないから、聞こえていないのかなと思わせて、ぐいーんとプールを泳いで回って、時にはジャンプしたりもした！　きわまで来て、ふわっと、止まる、あれは鳥が降りて来て止まるのに似ていた、止まって、じっとこちらを見ている、も

う一度叩く、もしくは声を出す、よぉ、だとか、おす、だとか、すると近づいて来て、横顔を見せる、目だ、目で見ているのだ、

しかしそれが暗い海なら

少し潜れば、

イルカは少しなんてもんじゃない、深く潜れば、日はささず、暗い、そこで使う、小さな音を出し、その返し、

高校生なのか中学生なのか、集団で来た時はひと苦労だった、制したところで静かになどしない、わーわー、まさに、わーわーきゃーきゃーはしゃいでいた、興奮、あした興奮はいつからなくなるのか、もっと小さい頃、高校生や中学生より小さい頃、プールや海へ入っただけで興奮し、はしゃいだ、ぶるぶると震えて、水面を叩いて、声をあげた、

トシにだってそんな時はあった、おそらくあった

サナにだってあった、

母にもあった、

母の兄にもあった、

その妻にも、

その子らにも、

どの男にも女にも、
小さいおっさんにもな
そう、小さいおっさんにも、
みかさんはどうかな
もちろんみかさんにも

これは誰の話

ひとつひとつに耳をすませば、それぞれ何かしらコトバを発していたのだろうが、重なると、わーわーとしか、きゃーきゃーとしか聞こえない、しかし実際は、わーわーとも、きゃーきゃーともいっていない、
そこへけたたましい笑い声が混じる、引率の教師が怒鳴る、そこへ音楽が鳴り、イルカショーをする女の声がスピーカーから聞こえてくる、イルカはピーピー鳴いている、
すぐそばは海だ、波の音は聞こえない
それでもわたしには波の音が聞こえていた、音のする方へ顔を向けると海が見えた、

浜に親子、大人は女で、小さい方、子どもの方はどっちだろう
　子どもが砂を触っている、わたしはそれを見ている、風が吹いている、今止んだ、
男が釣りをしている
　当たりはさっきあった、次は合わせてやる、朝からいる向こうの男はしかし釣り上
げた様子がない
　たばこばかり吸っている、これがなくなったらやめよう、て何回いうた、船や
　エンジンの音に慣れない、船はエンジンの音が大きい、船に乗るようになって今日
で、何日、十日はすぎた、魚がはねた
　ボラ
　空を小さく、銀、が行く、飛行機だ

海岸線が見えている、そこから海をたどって目を上げると島、が見える、後ろの、隙間から見てみる、男だ、何度もわたしの背もたれを、蹴る

席が狭い、足を組みかえるたびに、前の背もたれに当たる、目を閉じて窓に頭をつける、振動がひどい、眠れない、客室乗務員が来る

座席をほとんど倒していない、子どもが泣いている

子どもが泣いている、汗をかいている、わたしの声はこの子にはもう聞こえていない、隣の男が咳をした

咳から、咳に混じって飛び出した細菌は拡散する

飛行船に乗っている、窓はどれもあいていて、揺れる、操縦士が若い、窓側に座る者は落ちないようしがみついているが飛行船はくるくると回転するから海へ落ちて行く、帰りも同じ飛行船だ、とうとうわたしが海へ落ちた、落ちたわたしがどうなったのかはわかりません

夢を見ている女、口をあけて寝ている、その中へ、細菌

イルカやん
まえだがいった
ピーピー
うるさいねん
話きいたれや
誰の
警備員
あれ男か女かわからんな
男やん
女やん

着いたら飯食おう
空港がいいな

誰の、話

まじりはじめる

あらゆる人の

行為、記憶

ちっ
と舌打ちをしてみる、何もわからない、もう一度
ちっ
よく聞け
わからない、もう一度、
一度といわず何度でも
ちっ、ちっ、ちっ

ちっ
と書くのは変だ、
ちっ
と聞こえなくもないが違う
つぇっ
カカレヘン
ん
もう一度
手を伸ばして、岩に、たぶん岩だ、触れてみる、そこで舌打ってみる
ん
わかったらしい
もう一度
少し離れて
違う、聞こえ方が違う
もう少し離れて
違う、さっきと違う、
近づいて再び

違う
なるほど、こういうことか、これでそこに何かあるかないか、見えていたのかあの男は、しかし、
いやそうしてみよう、そうしてしばらく歩いてみよう
注意をしていなければわからない、注意をする、という行為を当たり前のものにしてしまわなければならない、
歩けば歩くほど足に筋肉がつくように、
つけるために坂を駆け上ったりするのとは違う、本来備わっていなければならない程度の、生き物としての人間にゆるされた範囲においての、最小限の少し上、
誰にゆるされたのだ
ゴリラはもっとつけていい
人間はあかん
誰がそう決めた

主、ではないよ
あ、主か
え

てか主て誰
イエスさん？
あれは、主？
ちゃうな
磔（はりつけ）にされた時、イエスさんいうもんな
主よ、て
ん
ちゃうか
主イエスキリスト
ていうもんな
ん
そうか
ん

聖書書いたひとー

わかる、何だか少し、わかる、薄く光がさしたように思える、思える、思う、何が、

わたしが、わたし、このこれ、息を吸い、吐き、膨らんでしぼむ、これ、それを行っているあいだ、あれやこれやとうるさいこれ、

これ、っていうぼく
じゃなくて、これ
昨日な、これがな
虹見た
ほんなこれがな
虹て七色ちゃうやん
いうて
ほな何色
てこれもこれがいうてんけど
三
ていうてた
虹は
三色

何かいる
見えていない
何だ
何かいる
主、か

続かない
もう続けられない
もう境目が、ない
わたしは、わたしではなくなる

みんなそうだ
誰か続けて

トシ

ははをやいてほらあなにいた

なつが三かいきた
いぬはこない
いぬがもうくるなとおせんぼ
いぬはほとんどほねやみんなにたべられた
むしねずみ
とりはきてない
いぬがいぬがおったいたときなんかいも　七かい
そんなきていない二かい　いぬは二かい
三かいくる
ぜんぶなまえいぬ
だから一かいひとつのいぬ

せむしがのこしたかねとほんよんだ
よんでいるほん

じをおぼえた　字　かんじ漢字本にあった漢字書き方
文の書き方　字を
文を　字で　書く　しゃべる
母は字で書いた
だいたい返事
帳面は　残してある　母の　帳面　白いとこ　さらの帳面
あたらしいとこに　書いた
これ

まっさんとは
まっさん　男　しらが
まっさんとは　下のまちの駅の　近くの食堂であった
書いてある

食堂の前にいた
はらがへっていた

鳥をつかまえたり　あつめたりするのがめんどくさいから、
足がへんになっていた　学校の
屋上からとびおりてから右足が
だから
食堂で　食べてにげるつもりで
まっさんが出てきた、まっさんは食堂から　出てきた、
そのときはまだ知らない　知らない　男
まっさんがなにかいった
まっさんは食券をくれた、
はらへっとんやろこれつかい
中から見とった見とってわかった
くいにげやろ
アジフライ定食
仕事しとんか
してないんか　ええわかいもんが
三十、すぎていた
してない

お茶でものもうや
きっさ店
ちいさいおっさんになんども、連れていってもらった
レンガのかべ、ほんもののレンガちゃう　かべがみ
むかしと同じ
ちいさいおっさんは　みーこー
ミーコー、ミルクコーヒー、
レーコーも飲んだ、
アイスコーヒー

まっさんはコーヒーを飲んだ、ホット

めんどくさい　ちまちま

やめや

続けて

まっさんはいろいろおれに聞いたうまく話せないそれでもまっさんは聞いた聞いてくれたいぬ少年　のところはすごく笑ったおかしいわい母の話も笑ったサナの話はしていないいサナはたぶん死んだ知らないあっていないいからわからない長いあいだあっていないコーラを三ばい飲んだ金はまっさんが出した仕事してみるかとまっさんがいったあしたもこれぐらいの時間にここへこおへんかわしおるからといった穴へもどって二千円くれたその二千円を伸ばして石の下においたはたらきたかった次の日食堂へ行ったらまっさんがいためし食うたまたきっさ店へ行ったわしのしてる工場がこの近くなんや見てみるかまっさんはいった工場へいった歩いて足悪いんかまっさんがいったとびおりて足めんでもたどこから学校の屋上あほやな工場は新しかったゴム工場地震でつぶれて新しくたてたとまっさんはいったおくさんが死んだといった地震で死んだむすめも死んだりなれな書いてない忘れたれなサナにてる工場に五人はたらいていた若い人が二人とまっさんのようなかみの毛の白い人が三人若い人はまさるよーじかみ

の毛の白い人はたなかさんひらたさんますやまさんまさるはボクシングをやっているよーじはプラモデルがとくいだたなかさんは右足がない車いすひらたさんはいれずみがあるますやまさんは太っていていつも笑ってたそこでてつだいみたいなことを仕事にしてしてもらって金をもらうことになったもらった

こせき　がわからなかったみんなにはそれがあるまっさんがいった　誰と誰のあいだに生まれてどこで生まれて役所にあるたぶんお前にもある　見たことないだけどまっさんはお前には母もいたし母には兄もいたし兄にはおくさんもいたし子どももいたのだからあるといった　おまえみょうじはとまっさんがいった　知らん　そんなはずはない　知らん　ここはぜんぶ書いてあるやりとり　こまったなとまっさんはいったまっさんはこまっていた　ほけんやらいろいろあるしいるやろとまっさんはいったターザンやからな　たなかさんがいった　ますやまさんが笑った　ほなこうしよまっさんがいった　どうしたのかはわからない

工場におれはすんだ　三かいに部屋があったにもつおき場だった　みんなでかたづけてくれた　かたづけた　まっさんが布団を持ってきてくれた　よーじがテレビを持ってきてくれた　仕事が終わるとみんなでご飯を食べたらずっとテレビを見ていた　家

にはテレビがなかった　母はテレビを見たことがない　あるかもしれない　ラザロはサナは　テレビにはいろんなところがうつった　いろんな人がいた　いろんな話をしていた　歌をうたったり　熱を出したときまっさんはテレビやでといった　ターザンやからなたなかさんがいった　テレビなんか見んときまさるがいった　ボクシングやり　まさるにボクシングをならった　だけど誰かをたたいたりしたくない　ほなかっこだけでええとまさるはたいそうを教えてくれた　よーじは本をくれた　プラモデルがたくさんうつっていた　写真

熱が出たとき母の夢をみた　寝てみるものは夢でほんとうとはちがうよーじがいったほんとうとはちがう　でもなちょっとまてよほんまなんかもしれんな誰の夢見たん母　母は家にいてラザロの穴のあいた服をぬっていた　けどへんだ　ラザロは死んでいる　そんなんいうたら　母がいった　母がしゃべった　わたしも死んでるやん　ラザロはどこにいる　穴におると母はいった　ほら穴や　二人で穴の前にいた　いぬはいない　中にいた　いぬは穴の奥にいた　奥で寝ていた　その向こうにサナがいたサナもいた　いぬといた　だけどそれは見えてない　ラザロと母が穴にいった　ラザロ　中からはーいと声が聞こえた　ラザロだった　ラザロが出てきた　ラザロはぴかぴかに光っていてはだかだった

まっさんの工場で長くはたらいたたなかさんがいなくなりますやまさんが死んだ　病気だった　はらが痛いんやといって病院にいって十日ほどで死んだ　まっさんとひらたさんと　ひらたさんはその少し前に工場をやめていた　見舞いにいった　たなかさんとは連絡が取れないとまっさんがいった　まさるはとっくにいなくなっていた　よーじはいた　よーじは結婚して子どももいた　子どもは女の子でサナにするかリナにするか悩んでいるとよーじがいったのでリナはまっさんの娘の名前　サナの話をしたよーじはリナにした　工場はまっさんとよーじとおれだけになっていた　金がまっさんにはもうなかった　よーじは残るかどうか考えていた　思案してんねやわしおらんよーになったらここもうあかんやろだけどなわしもな嫁はんと子どももおるしな　二人目も生まれていた　男の子で名前は書き忘れたから忘れた　おっさんにはまだだまっといてやおっさんには世話になっとーからなほんまに世話になっとーしな　よーじお前くびやまっさんがいった　よーじはびっくりしていた　あしたからこんでええわ月のはじめだった　四月　書いてある　今月分の給料ははろたるわけどあしたからもーこんでええわ　よーじは泣きながら荷物をまとめていた　なんでやといいながらまとめていた　やめたいといっていたよーじの考えをまっさんはわかってそうしたのによーじはそれがわからない

まっさんと二人になった　仕事もなくなっていた　工場をしめたうちこいまっさんがいって荷物を持ってまっさんについていった　一けん家にまっさんは一人で住んでいた　はじめていった　山をこえたところにその家はあった　しばらく二人でここで暮らそうやしばらくだけやけどなここも売らんならんしな　二人でそこに住んだ　仕事もしなかった　まっさんは腰が痛いと歩かなくなっていた　一人でよく外を歩いた　遠くまで歩くと夜になったのでそこらで寝た　春だった　もうすぐ夏だった　川まで歩いたとき見たことがあるような気がした山のかんじと川のかんじ　知っていた近くに鉄道　ここらを歩いたおぼえがあった　もらい子にやられたとき　酒屋を探したビルがいくつもたっていた　前はなかった　酒屋がどこかわからなかった　歩いている人にも聞いた　酒屋わからんねえ　鉄道沿いを歩いた　また川に出た　川はコンクリートで魚はいなかった　大きな橋があった　その橋の下で寝た　白い大きな鳥がいた

まっさんは一日寝ているようになった　施設にいた話をおれはした　男を刺した話をした　刺された男は二人いた、おれの顔を切ったほう、その男はまっさんの五人兄弟の一番上の　まっさんは一番下だった　息子だった　川でおぼれて死んだやつの弟だ

といったとき　ちょっと待てよとまっさんはいって　それお前なんとか神社の大きなクスノキ　森の話をした　森の話をしたけど森のことはまっさんはわからなくて　知らん　大きなクスノキのある神社の話ばかりをしはじめて　そこらに住んでいたといったら　宮下て彫った木知らんかというから　知ってる　わしもあそこらにおったんや　坂のな　そうかー　あこに大きな家あったやろ　知らんか　庭にバラのよーけ咲いてる　知ってる　宮下

まっさんの腹がふくれて　はちきれそうになった、げーげーまっさんは吐くようになって、顔が土の色になった
　病院連れてってくれへんか
とまっさんがいった、連れていった、すぐに入院になった、
　ますやまさんコースやな
まっさんがいった、腹に水がたまっていた、薄い赤い水、抜かれていた、抜かれると楽になったみたいでまっさんはまっさんは死んだ死ぬ前金をくれた、
　これしかもうない、
　わしはもうあかん、
　あんた一人でやってけるやろ、

どーとでもなるわい、
死んだらあかんで、つまらん、
なんでやとかいいなや、なんでもくそもない、生まれたら生きるんや、
生まれたおぼえはないやろが、
はよいね、
もうええわ
ずっといた、死ぬまでいた、死ぬのを見ていた、からだが止まる前、止まるずっと前、
まっさんの場合は、もうそこにまっさんはいないのがわかった、まっさんはからだを
残してもうそこからいなくなっていた、今ならわかる、月の近くにいた、そこから見
ていた
まっさんが死んだ
からだの、腹の、奥、肉が　点で　それが広がった、広がったそれは上へのぼり、の
どをふさいだ、苦しいから息を吸うと、胸がゆれた、それが顔まで上がって来た、目
から出た、胸はこわれたみたいにゆれて、それは目から次々と出て、立っていられな
くなった、息がうまくできなくなり、鼻からも出て　大きな声が出た
病院を出て、駅まで歩いて、電車に乗った、終点まで乗って、また別の電車に乗った、

海が見えて、そこで降りた、砂浜だった、夏だったから、夏のはじめ、人がいた、水着でいた人もいた、はまを歩いた、だんだん人がいなくなった、岩場になった、ござをひろった、それを敷いてそこに横になった　子どもが石を投げてきた、こじきといっていた、せむしの男を思い出した、毎日海を見ていた、海に飽きた、海は、動かない、川へ歩いた、何日も歩いた、見おぼえのある山のかたちが左の遠くに見えた、あの山の下、坂の上に、ほら穴は、ある、街は変わっていた、空き地、草がはえている、新しい建物、人も変わった、知らない街だ、変わらないのは山のかたち、それから海、いずれずっともっと先に、山のかたちも変わる、海も変わる、何だけ変わらない、何だけ、変わらない、足を引きずり歩く男が見えた、それは、おれ、だ、窓ガラスにうつっていた、大きな建物、人がたくさんいた、若い人、家族づれ、年寄りもいた、おれも歳をとっていた、最初はそれがおれとわからなかった、髪は白い、肩まで長い、背中は曲がり、着ているものはボロボロだ、いぬがいれば、いぬがいれば、警察に捕まらないように、警察はすぐにおれを見つける、見つけられたところで何もしていない、しかしそんなことは関係ない、警察がおれを見つければ警察はおれに声をかける、それから子ども、今もそうだ、窓ガラスの向こうから子どもがおれを見ている、隣に立っているのは母親だろう、母親は背中を見せている、間もなく子どもは母親の手を引いて、あれ見て、とおれを指す、赤い自動車がおれの横を通った、きれいな赤だ、夜寝て昼歩いていた、しかしすぐに夜歩いて昼寝ることにした、川へ出た、大きな川、水が動いていた、汚れた青いシートを見つけた、地震のあとよく見た、これを屋根にする、少しずつ、河原を歩けばものは落ちていた、それをひろって使った、いつも川の音がしていた、夜になると向こう岸を見ていた、花火をする人がいた、大きな音をたててオートバイが走った、川にはいろんな鳥が来た、穴には来ないものもいた、白い大きな鳥、大人のふとももぐらいのこいがいた、こいはなんびきもいた、なかなかつかまえられなかった、はだかになって川へ入って、ゆっくりちかづいて、抱くと静かにこいはつかまえられた、入る前にたき火をしてからだをあたためたら、もっとかんたんにつかまえられた、つかまえたこいは食べた、あゆもいた、うなぎもいた、うなぎはつかまえられない、川からはなれると川の音が消えて、ものたりない気持ちになった、子どもが、中学生、青い家に火をつけられた、集めていたものがぜんぶ焼けた、またひろい集めた、寝ているときに誰か人間に頭を殴られた、きぜつした、たぶんそう

穴からラザロが来る夢を見た、母がよんだ、穴の奥に向かってラザロとラザロをよんでいる、はっきり声に出してよんでいたのにその声が思い出せない、ラザロはぴかぴかに光りながら、はーい、と穴から出てきた、生き返った、そう母がいった、サナに

教えてもらったラザロという名前をつけておいてよかった、母がいった、ラザロはイエスによばれて生き返る、声はおぼえていない、母とラザロと三人で穴にいた、大人の男、二人の男の姿もあったのに、はっきりと見えない、たぶん父だ、チョージ、あときよし、耳が片方なかったから間違いない、二人はうろうろあらわれたり消えたりした、夢の中で寝ていた、夢を見ていた、川にいた、河原に座って大きな月を見ていた、まだ子どもだ、目線が低い、橋の下にいた、月から目をはなして下を見る、黒い鉄のふたが見えた、あけてみようとしたけどあかない、重い、これが穴につながっていることを知っている、大人になったらここへ来てふたをあけようと、口に出していう

おとなになったらここへきてふたをあけよう

水の音がうるさい、目があいたら女がいた、顔の半分が川の中にあった、血が出ていた、女がそういった、よごれたかっこうの女だった、女は近くの公園に住んでいた、箱でつくられた小屋に住んでいた、小屋はゴミだらけで座る場所もなかった、熱が出た、また夢を見た、夢に何度もほら穴が出てきた、ほら穴で、いぬが奥から来るのを待っていた、ほら穴の前には日がさしていて、蟬が鳴いていた、いぬは奥にいた、家

には母がいて、鶏のからあげをたくさん作っている、
知らない男と母が歩いている、母は酔っている、母は若い、
もうすぐいぬが来るはずだ

いぬが見たい、と女がいった、
いぬをわたしはまだ見たことがない
女の名前は知らないままだった、二人しかいないから困らない、女はよくしゃべった、
ずっとしゃべっていた、
　わたしのな
わたし
わたしてこれな
女は自分のからだを叩く、
これのな
これがな
昨日な
歩いてたらな
空にな

空、空気、上
のな
横
何の、横
太陽がな
太陽はな
銀の
光
猫は、猫には
なぁ
人間は、猫には
なられへんやん
なるなら犬やん
馬もあるけど
やっぱり犬やん
いぬ見たい
女の小屋に火がつけられた、二人で、外で、食べるものを探して戻って来たら燃えて

いた
　穴やな
女がいった
　穴へ行け、いうてはる
　誰かは知らん
　けどいうてはる

女を連れてほら穴へ向かった、海沿いを歩いた、右に街が見えていた、景色が変わっていたから、どこを歩いているのかわからなかった、
川、大きな川じゃない、小さな、神社の横を流れていた川、あれが見えたら、それをさかのぼればいい
歩いた
しまいに道だけを見て歩いた

たくさんの人の声がして顔を上げると商店街の真ん中にいた
乳母車に赤ん坊を乗せた女が何人もいた
老人が何人もいた

自転車に乗る男と女が何人もいた
子どもがたくさんいた、人間がたくさんいた
はよして！　置いてくよ
女が大きな声をあげた
はよしえーおいてるよー
ゴミ収集車が入って来た
ここ入って来るんかいな、大変やな
倒れている太った男を、若い女とはげた白いシャツの男が起こそうとしていた、太った男は酔っているようだった
ええ加減にしいやほんまに
戻って来れたらええわ、ほんまそれだけでええわ、ほんまにそれでええわ
電話に話しながら歩く男が通り過ぎた
ないないないないない
あんねんそれが
ないって
ないかな
ないない

眼鏡をかけた二人の女が話しながら通った
まいちゃん！
自転車にまたがった女が道の向こうを走る自転車の女の子に声をかけた
何
女の子が言った
単車が通った、何台も
車が通った、何台も
電車の音がした、すぐ近くに駅があった
電車が入って来るのが見えた
サイレンが聞こえた
救急車が走っていた
自転車の
子どもが人ごみをぬうように流れていった
歩道に敷かれた、ブロック　は丸い滑り止めがついていた
ブロック一つに滑り止めの丸は十五
駅
コインロッカーの横で電話をしている女がいた

電話をしながら女はコインロッカーを触っていた
ヘルメットをかぶった男の子と手をつないだ女が前を通った
制服の女は眼鏡をかけていた
パンを並べて売っていた
黒いズボンの男、男は目の前を通る人を見る
パチンコ屋が近くにある
電車が停まってしばらくするとわらわらと人が降りて来た

男が来た、女が来た、女が来た、男が来た、男が来た、男が来た、男が来た、男が来た、男が来た、男が来た、男が来た、女が来た、女が来た、男が来た、男が来た、男が来た、女が来た、男が来た、女が来た、男が来た、男が来た、女が来た、男が来た、男が来た、女が来た、女が来た、女が来た、男が来た、男が来た、女が来た、男が来た、女が来た、女が来た、男が来た、男が来た、男が来た、女が来た、男が来た、女が来た、女が来た、男が来た、男が来た、女が来た、男が来た、男が来た、女が来た、男が来た、女が来た、女が来た、男が来た、男が来た、男が来た、女が来た、男が来た、女が来た、女が来た、女が来た、女が来た、男が来た、男が来た、男が来た、女が来た、男が来た、男が来た、女が来た、男が来た、男が来た、女が来た、男が来た、

女が来た、女が来た、男が来た、男が来た、男が来た、女が来た、男が来た、男が来た、男が来た、男が来た、男が来た、男が来た、女が来た、女が来た、男が来た、男が来た、男が来た、男が来た、女が来た、男が来た、女が来た、男が来た、女が来た、女が来た、女が来た、女が来た、男が来た、男が来た、男が来た、男が来た、男が来た、女が来た、男が来た、男が来た、男が来た、女が来た、男が来た、男が来た、女が来た、男が来た、女が来た、男が来た、男が来た、女が来た、女が来た、女が来た、女が来た、男が来た、女が来た、女が来た、男が来た、男が来た、男が来た、女が来た、男が来た、女が来た、女が来た、女が来た、女が来た、男が来た、男が来た、男が来た、女が来た、男が来た、男が来た、女が来た、男が来た、男が来た、女が来た、男が来た、男が来た、男が来た、男が来た、男が来た、女が来た、女が来た、男が来た、男が来た、男が来た、女が来た、男が来た、女が来た、男が来た、男が来た、女が来た、男が来た、男が来た、女が来た、女が来た、女が来た、男が来た、男が来た、女が来た、男が来た、女が来た、女が来た、男が来た、男が来た、男が来た、女が来た、男が来た、女が来た、女が来た、男が来た、男が来た、女が来た、男が来た、男が来た、女が来た、男が来た、女が来た、女が来た、女が来た、男が来た、男が来た、男が来た、男が来た、男が来た、女が来た、男が来た、男が来た、男が来た、女が来た、男が来た、男が来た、女が来た、男が来た、女が来た、男が来た、男が来た、女

が来た、女が来た、女が来た、女が来た、男が来た、女が来た、女が来た、男が来た、男が来た、男が来た、女が来た、男が来た、女が来た、女が来た、女が来た、女が来た、男が来た、男が来た、男が来た、女が来た、男が来た、男が来た、女が来た、男が来た、男が来た、女が来た、男が来た、男が来た、男が来た、男が来た、男が来た、女が来た、女が来た、男が来た、男が来た、

千年後、いない人たち、かたちを変えている人たち

穴についた

何かは、息を、していた

動物だった

猫じゃない

犬だ

いぬだ！

この息の音、知っている、寝ているときの、音、
いぬは、寝ていた、ゆっくり近づいた、暗い中でもぶつかったりはもうしなかった、
見えてはいないが見えていた、
静かにいぬに手をのばした、触れた、柔らかくはない、かたい、毛、温かい、腹だ、
鼓動と、呼吸と、
いぬ
そのときだ、何かが動いた、瞬間、
何かというのは
わたし
の何かがだ、

わたしがだ

わたし、は、誰だ

移動した
真っ暗の中でそれは起こったから、外から見たときどう
わたし
が動いていたのかは知らないし、だいたいおそらく、
わたし
はもう外からは見えていない、何しろ真っ暗でもある、いつもそうだ、肝心の、見
ていたいものは、見えない、
わたし
は母から出て来る時、母の中にいた時、母の細胞と父の細胞が
わたし
になる時、
わたし
になった時、その全部を見ていたかった、見ていた、わかっている、すべて見てい
た、だけど

わたし
がいいたいのはそうじゃない、そんな、
わたし
の外、
わたし
が
わたし
というこれの見たり聞いたりしたものの外、の話じゃない、
わたし
が、見ていたかった

わたし

いつまでわたしは、わたし

サナあきたわ

まず強烈にきたのは、においだ、
あらゆるにおいが鼻にしていた、それも混ざっているのじゃない、一つ一つが鮮明に、
岩のにおい、水のにおい、こけのにおい、おそらく、多分おそらく細菌の、におい、遠くからは、草の、河原だ、のにおい、
ぼんやりしているときに頭にあれこれが浮かんでは消える、瞬間よぎる、あれと似ていた、においがそうやって鼻にきていた、しかし鼻以外はそれに反応しない、においがしていると思いもしていない、自動なのだ、勝手に鼻がかぎ分けている、そう反応する、
ゆっくりと立ち上がった、かすかに星の引力を感じはするが、あの重たいからだを長いあいだ、引きずっていたわたしにはないも同然だった、
軽い！　なんて軽い！
ほとんど音を立てずに、歩き出した、
それが、
わたしが、
走った
光が見えた！

外だ！

女は水をくみに行っていた、
おれは　穴の外ですずめの羽根をむしっていた、
音がして、見るといぬがいた、
女が水を持って戻って来た、いぬはやせていた、女がすずめをあげたら食べた

寝るとき女がさわってきた、さわると女にはちんこがついていた、女は男だった、だけど女だ、どうしてしたらいいのかわからないから女に教えてもらって女とセックスをした、何度かした、だけどしなくなった、もういい、と女はいった、ありがとう

女が穴の奥から来たとき、冬だった、女は奥にいて出てきただけだ、いぬと、それが子どもで、男の子で、すぐには名前が思い出せなかった、
おとうと

ラザロ
それはラザロに見えた、

ラザロか
女がうなずいた

そしてラザロは女の声で、
いぬと寝てた
といった、
いぬがうれしそうに鳴いた
母がいた、穴から母は来た、
母とラザロがいた、
いぬも二人を見ていたからいたのだ、いぬは二人を見て尻尾を振った
穴の前で焚き火をした、母と、ラザロと
おれと
いぬと
話したことは書いていない

女が起き上がらなくなった、はくようになった、尻から血を出した、腹がふくれていた、
まっさんのときと同じだった、
死ぬのだと思った
それでも死ぬまで女は生きた、生きて話した

わたし外国で生まれてん
遠いとこやで、砂漠があんねん、おぼえてる
わたし一人で砂漠歩いてん
帰り道わからんようになって
晩になってもて
水筒は持ってた
星がな、すごいねん、ばぁーって、星だらけ
わたしそれがすごく怖くて
流れ星とかびゅんびゅん走ってて
コヨーテ

いぬ
わたしを見てんねん
死んだら食べられるんかなぁって
死ぬ前に食べられるんは嫌やなぁって
痛いやん、かまれたり、ちぎられたりすんの
だからわたし
頼むから食べるの死んでからにしてね
ていうてん
そしたらな
いぬがな
うん、いうてん
うん、とはいわへんけど
わおーん
て、鳴いてん

小さな焚き火の音しかしない

ほんで、朝まで、砂漠で、わたしと、いぬ、と星
わたしあの時たぶん今を見た
ほら穴で、焚き火の近くで、死にかけてて
誰か知らん男の人と、いぬと
車に轢かれるわたしと
帳面に字を書く女
おかあちゃん
わたしの母は、眼鏡かけて、大学の先生
父はね、小説書いてた
外国人
にーちゃん
楽しかった？

うなずいた

ならよかった

女が死んだ、穴の前で焼いた、火をいぬと見ていた、焼かれるとき女は動いた、三日かけて焼いた、母を埋めた横に、埋めた

それから冬が二回あった、夏も二回あった、書いてある、二回目の夏、の終わり、咳が出た、秋になってもおさまらず、血をはいた、血をはいたあとはずっとした、動けなくなると思った、そうなるまで時間がない、食べるものを集めておこう、まっさんのところでもらった金と、せむしの残していた金がまだあった、女も、母も、少しだけ金を残していた、まずはいぬの食べるもの、湯だけあれば食えるもの、米、ずいぶん集まった、集めた、息が苦しいのがはじまった、ぜーぜー音がするようになった、最初だけいぬは音に耳を立てた、だんだん慣れた、何度か息が詰まって、咳をしたら、小さな肉が出てきた、ねずみの赤ちゃんみたいなピンクの、何度かはき出した、はき出すと楽になった、はき出しても苦しくなってきた、腹がふくれていた、水の音がしていた、中から

いきが
くるしい

真っ暗の、真っ暗だ、これは、宇宙、うちゅう、そこに浮かんでいる、呼吸はできている、透明の膜に覆われている、裸で浮かんでいる、どこを見ても黒、遠くに、近くに、近いといっても遠い、星、ちかり、ともせずに、点、白や赤や黄や青、自由だ、何からも、ここには誰もいない、何もない、見えているものは、星と、黒、見えない力、見ているのか、ここから、膜から、出ることはできない、出ることができない、どこか息のできる星、いた星、薄い膜に覆われた星、そこへ降りなければこの膜の外へは出られない、膜から膜へ、息をしなければならない、胸が、腹が、膨らんでは、縮む、繰り返している、何をしていても、寝ていても、気を失っていても、生きている限り、これを繰り返さなければならない、風船が、膨らんでは縮む、膨らんでは縮む、繰り返す、ずっと、繰り返す、繰り返し続けなければならない、このこれ、めんどくさい

もうすこし

いきがと

ま

とまった

そこから起き上がり、

ははは

穴から出て、てらの裏を下り、森の横を通り、坂、公園を見つけた、こんなところに公園があったのを知らなかった、何度も通った、気がつかなかった、ピンクの象、がいた、

それそれ、そこ
わたしそこで人間から出た

それが見えるベンチに腰をおろした
大きな月が出ていた

他にも月を見ていたものがいた
いぬだ
先回りして

そうか

わん

サナか

うん

しばらく二人で、朝まで二人で、月を見ていた、これまでの話をした、声を出さずに、

出したよ

出したか、
それから、

頭へ続く、やな

そう、川へ向かう、
母の帳面にも書いてある

カワ　ハ　マダ　ミエナイ
ソロソロノ　ハズダ
アルケバ　イツカ　カワニデル
ココラデハ　カナラズ　ソコガ　サバクト　チガウトコロ
サバクヘ　イッタコトハナイ
チイサナ　カワノ　ハナシジャナイ
オオキナ　モウスグソコ
サカガ　ハジマッテイタノニ　キガツイテイナイ

サカニ　イルノニ
カスカナ　サカダ
ソレダ　ソコ　ソレガ　ハジマリ
キガツカナイ
カゼガ　フイテキタ
ツメタイ
カワカモ　シレナイ
ホラ
サカ
ソコ

そしてそこで鉄のふたをあける

サナと

穴の前でトシが寝ている、死んでいる、横にいぬがいる、いぬはトシのにおいをかいで、横になる、腹が減ればいぬはトシを食べる

大きな月

月から見えている星は、止まったりしない、音もない、時々何かが白く走っては消える、生きものは、もう見えない、見えないが、いる、たくさんの、しかし、それは、いつまで、続く、

もうしばらくは
このまま、続く

本作品においては、今日の人権意識に照らし不適切な用語が含まれる箇所があります。しかし、そうした言葉のもとで社会や人間の意識下に存在している人々の姿を描くこともまた文学の役割であると考え、それらの人々の姿を登場人物の目を通して表現することにおいて差別助長の意図は読み取れないことから、そのまま掲載しております。ご理解を賜りますようお願い申し上げます。

初出　「すばる」二〇一九年九月号
装丁　松田行正

山下澄人（やました・すみと）

一九六六年、兵庫県生まれ。富良野塾二期生。九六年より劇団FICTIONを主宰。二〇一二年『緑のさる』で野間文芸新人賞を、一七年「しんせかい」で芥川賞を受賞。その他の著書に『ギッちょん』『砂漠ダンス』『コルバトントリ』『鳥の会議』『小鳥、来る』などがある。

月の客

二〇二〇年 六 月一〇日 第一刷発行

著 者 山下澄人
発行者 徳永 真
発行所 株式会社集英社
東京都千代田区一ツ橋二―五―一〇
〒一〇一―八〇五〇
電話〇三(三二三〇)六一〇〇[編集部]
〇三(三二三〇)六〇八〇[読者係]
〇三(三二三〇)六三九三[販売部]書店専用

印刷所 大日本印刷株式会社
製本所 ナショナル製本協同組合

ISBN978-4-08-771713-6 C0093
定価はカバーに表示してあります。